私立探検家学園2
あなたが魔女に
なるまえに

私立探險家學園2
在成為女巫之前

齊藤倫 著
桑原太矩 繪
游若琪 譯

主要登場人物

探險家學園一級生

安莉卡・李文斯頓

俏麗又帥氣，
擁有吸引人的魅力。

松田可倫

小學五年級，仙貝店的女兒。
今年春天開始進入探險家學園就讀。

勝・白令

對任何事都不輕易放棄，
不擅長運動。

間宮流

可倫最要好的朋友。
總是我行我素。

瑪麗莎・巴頓

運動能力超強。
具有看穿事情的洞察力。

威爾・盧卡斯

聰明，好奇心旺盛。

蔻拉・巴雷

非常勇敢，
跟安莉卡是不同類型的領導者。

芙蘿拉・神巫

具有靈異能力，
安莉卡的好友。

沃爾夫・赫定

心浮氣躁、坐不住，
但非常有遠見。

楊・羅倫斯

看似面無表情，
其實內心熱情洋溢。

探險家學園的老師

艾爾哈特老師

負責教體育。
老師的課程很有趣，
相當受歡迎。

三浦老師

負責教數學和自然，
個性有點急躁。

李奧・庫克老師

負責教美術，
緊急備用糧食片的開發者。

我說過了嗎？

我進入一所奇妙的學校讀書，這聽起來可能很難相信。

我不是自願去的，算是因為家庭狀況嗎？總之，我是被別人牽著鼻子走。這所學校名叫「私立探險家學園」。是培養探險家的學校，聽起來很驚人吧？

「探險家？現在還有這種學校？」

我覺得很可疑，但因為這是我最喜歡的外公的願望，所以我在家裡附近的小學讀到四年級，就決定轉學到這所學校。

這所學校通稱ＰＥＳ，有一級生到五級生；以一般學校來說，相當於小學五年級到中學三年級。換句話說，我是一級生。在這裡不算轉學生，而是新生。班上有說各種不同語言和不同國籍的孩子。就在我好不容易開始適應時，第一學期結束前——要進行所謂的「實習」。

我本以為這是類似遠足的活動，還充滿期待。

沒想到，我們抵達的地方，竟然是座有龍棲息的小島。

很嚇人，對吧？

不過，更讓人驚訝的就是，一連串驚險的「探險」過後，第一學期結束了。

非常非常普通的暑假開始了。

1

落差太大了，讓我頭昏腦脹的。

我心想。

「實習」結束，在東逃西竄，閃躲龍噴出的火焰後，回到自己家的仙貝店，悠閒地聽著蟬鳴。還伴隨著微微的醬油焦香味。

（燒焦的或許是我吧……）

東京的老住宅區非常安靜。

除了店裡的客人和蟬鳴，頂多是風鈴的叮鈴聲。

東京的夏天很熱。但學校在山上，非常涼爽。只不過，有別於氣溫，那裡又是另一種意義的溫差。進入暑假後，我好像一直持續低燒。

我的名字叫松田可倫。

大家都說笨蛋才會在夏天感冒，我希望自己不是得了夏季感冒。但是，我像笨蛋一樣全身無力，原本就已經發呆度日了，現在更是加倍傻傻地度過東京的夏天。東京二十三區的西邊，勉強算是高級住宅區的地方，從私鐵車站步行七、八分鐘，穿過商店街轉變成住宅區的區域，就是我家的「松田仙貝店」。

店面後方和二樓是住家，我和媽媽兩個人就在這裡生活。經過增建和改建，變得有點時髦的仙貝店，後面維持原本日式房屋的模樣。因為會烤仙貝，還有包裝和寄送工作要處理，所以店面開著冷氣。

「馬鈴薯燉肉。」

我一邊吃晚飯一邊說，「好吃是好吃，可是好熱。」

「開很強的冷氣吃熱食，太奢侈了！」

媽媽這麼說道。如果真的開得很強就算了，但除了店面以外的建築物本身都很老舊，大概有縫隙的緣故，冷氣怎麼都吹不涼。還出動了電風扇和扇子，才勉強稱得上舒適。

媽媽煮了分量偏多的馬鈴薯燉肉。她會在隔天晚上，等我睡覺之後，配著剩下的菜，小酌一番。

「我再吃一點馬鈴薯燉肉好了。」

「呃？」

媽媽顯得很驚慌，「妳吃太多了吧？添了兩次。」

「呵呵呵。」

我說道，「開玩笑的啦，這樣妳才不會沒有下酒菜。」

「唔唔！」

媽媽回應道，把燉茄子放進嘴裡，「沒關係，我沒有那麼小氣。」

「再煮就好啦？如果妳那麼想吃的話。」

「妳不懂啦！剩菜才好啊，馬鈴薯三塊，紅蘿蔔兩塊左右就夠了。在鍋底碎掉的才好吃，還有斷掉的蒟蒻絲。而且即使沒有肉，所有材料也都滲透了肉味。」

「我不懂。」
「我就知道妳不懂。」
媽媽點點頭。
「妳可以多煮一些備用啊。」
「天啊！不會吧？妳這孩子是怎麼回事？」
「怎麼了？」
「常備菜說到底還是常備菜啊！解決剩菜，心情才會好呀！」
媽媽忽然將筷子停在空中，小聲說道：「去爬山吧？」
「妳說什麼？」
未免太突然了。
「下星期三怎麼樣？難得放暑假。」
星期三是仙貝店的公休日。不過，即使放假，店裡也很忙碌。媽媽吃晚飯時不喝啤酒，也是因為打烊後要整理帳單。

「不用了啦。妳有空爬山，不如在家悠閒一下。」

「嗄——妳不是很喜歡山嗎？」

「是沒錯。」

我微望著遠方說道，「妳想想，之前不是有『實習』嗎？那個活動幾乎都在爬山，所以暫時不想爬了。」

「這樣啊。」

媽媽想了一下，「那去游泳池呢？」

「不用了，我會跟真由他們一起去。」

我沒有搬家，四年級以前的朋友還是住在這裡。

「這樣好寂寞喔！」

「妳不是說現在是關鍵時刻嗎？」

說完「我吃飽了」之後，我就連媽媽的餐具也一起收走，開始洗碗。

「說得也是……」

她喃喃說道，「謝謝妳，媽媽會加油！」

她想藉著帶女兒出遊來逃避現實。我站在廚房背著她笑了。

多年來，松田仙貝店都是週休二日，而且經常會臨時公休。意思就是閒閒沒事做。

尤其是夏天，只有在中元送禮，或是有人回老家時買仙貝當伴手禮，才稍微有點生意。夏天當然是水羊羹或刨冰更受歡迎，連我這個仙貝店的獨生女也這麼想。

但現在，店裡忙得翻天覆地。除了從外婆那一代就在店裡任職的美也子阿姨，還增加了許多兼職人員。（順道一提，我也想幫忙，但他們嫌我礙事，所以拒絕了我，只能幫忙做家事）。為什麼呢？因為今年春天賭上了店鋪存亡命運而推出的新口味仙貝超級熱賣中。

「我要顛覆仙貝的概念！」

媽媽這麼說，但一開始乏人問津。抹茶橄欖、梅子香蒜、黑胡椒羅勒這些口味，實在太超乎想像了。人們只是想吃仙貝，並不是在吃概念。

沒想到，今年夏天接受電視採訪之後，情況突然大為改變。這種稀奇的口味，一口氣成了熱賣商品。

「『光見』時刻啊！」

雖然不知道字怎麼寫，但我也知道意思。

自從春天以來，我就沒有再見過真由和小律了。我們在附近的貓熊公園集合，七嘴八舌地報告彼此的近況。

以前很文靜的男生長高了，變成接力賽選手；還以為一輩子都會是三七分油頭的社會老師，忽然換了髮型；還有誰和誰在交往、誰和誰沒有在交往等這些沒什麼意義的事。

我們坐在圍著大櫸樹擺放的長椅上，這是這座公園裡最廣闊的樹蔭。

貓熊公園並不是正式名稱。這是因為沙坑旁邊，不知道為什麼有三個彈簧式貓熊遊樂器材。黑色圖案已經褪色，介於貓熊與非貓熊之間。上次還看到有個小小孩指著它喊：「海豹！」我們就在這樣的夏日午後，身處於彷彿要融化在陽光下。

「所以呢，妳能不能成為探險家？」

叫聲響亮的蟬鳴中，真由用充滿期待的眼神問道，「你們會去南極或是叢林嗎？」

「不是這樣喔。」

我答道，「我們不只是要成為探險家，也要學習探險家的精神。」

「我想也是。」

小律點頭表示贊同，「不過，那海盜呢？會跟他們戰鬥吧？」

「不會啦。」

「也是。」

真由很意外地說，「不過，你們會採砂金吧？」

「不會喔。」

我這麼說，「不要笑得那麼詭異啦！」

「那，感覺很普通嘛。」

真由說道，「我跟爸爸媽媽說了，說妳會去當加勒比海盜。」

「我也說了，說妳會被木乃伊追殺。」

小律也跟著說。

「不對不對，不是這樣。我們也會讀國語、數學、數學、自然、社會啦！」

雖然我這麼說，但其實一點也不普通，豈止是海盜——

我們還和龍對抗過。

但這種話，叫我怎麼說出口？

學校交代過，不要在外面隨便提到學校的事，但也沒有嚴格禁止。理由我現在明白了，因為根本不知道從何說起。

不知道班上同學都在做什麼？比方說尼古拉、瑪麗莎、還有吉姆，第二學期開學再問問看吧。啊！

（吉姆・史考特不在了。）

以後沒有機會再和他交談了。蟬鳴中，有些淡淡哀傷。

「沒有暑假作業——!?」

真由大叫道，表情就像孟克的吶喊。順道一提，據說那幅畫不是在尖叫，而是聽到尖叫的表情。即使我說了龍的事情，她應該也不會如此驚訝吧？

「哇，該怎麼說呢？簡直就像貴族嘛！」

小律也從帶著矯正器的齒縫吐出熱呼呼的氣息，「可倫，妳已經是另一個世界的人了，跟我們這種一般人不一樣。」

「這麼誇張？」

我感受到她的激動，屁股差點要滑落到長椅後面。「只不過是沒有作業耶？」

「我們很多耶！像是分數，還有三角形的面積。」

「我們也一樣啊！」

我這麼說道，「因為『三角形是探險家的老朋友』。」

「什麼？」

「沒事。」

會這樣教的人，找遍全世界，恐怕也只有三浦老師吧？

他是在ＰＥＳ教數學的老師。

——三角形的比例，從紀元前就用來計算金字塔的高度、敵船與自己的距離等等。可以說經過漫長的時間，多虧有更進步的三角測量法，世界地圖變得更正確，還揭開了「大航海時代」的序幕。

我用半模仿的口氣解釋道。

「不過，數學需要學這個嗎？」

小律的眼睛瞇成兩條細縫。應該不是每當微風吹過時，樹枝之間隱約灑下的陽光讓她感到刺眼。「簡直就像歷史。」

「哈哈哈！」

我呆呆地傻笑，咬了口仙貝。這是試做的蜂蜜芥末口味。「好像不需要吧？」

「絕對不需要。」

兩人也吃了一口仙貝。眉間的皺紋，應該不是蜂蜜芥末的味道造成的吧。

「聽說三角測量也運用在現在的GPS上喔。」

這些話我就沒說了。

知道這些並不會讓數學變得更厲害。但是，以前的人的想法和現在的研究者與學者所做的事是串連得起來的，感覺很有趣。原本只覺得是普通的學習，現在卻像是在一條線上，從過去一直延伸到未來。

「不過，如果說三角形是『朋友』，那多少會變得比較喜歡吧？」

我這麼說。

「三角形是朋友，可倫妳……」

「歡迎妳隨時回學校來……」

小律和真由用憐憫的眼神看著我，刺得我好難受。

暑假邁入中段的時候，小流居然來我家玩。

「沒關係啦，我來就好。」

雖然我這麼說。

「那可不行。」

媽媽還是把店交給美也子阿姨，幫我們泡茶。

「妳就當自己家，不要客氣。」

小流穿著外出用的白色洋裝，正要從坐墊上站起來。

「啊——妳坐妳坐！」

媽媽這麼說。

「好了啦，可以了啦。」

我說道。

「不行，妳放輕鬆。」

媽媽回應道。

平常和小流都處於國際化的環境，該怎麼說呢？像這種完全處在平民狀態的生活模式，實在讓人有些莫名地難為情。

「謝謝妳跟可倫當好朋友。」

「我才是呢，有可倫陪在身邊，讓我膽子變大了。」

我們有同樣的感覺。與其說因為我們都是日本人，更重要的是我們沒有遇到跟自己一樣是一般人的同學。

「對不起喔，沒辦法好好招待妳。家裡只有仙貝，是現烤的喔！」

媽媽開始說明新口味，我把她從客廳趕出去。

「啊哈哈哈！」

一剩下我們兩個人，小流就忽然笑了出來。

「怎麼了怎麼了？」

我很慌張，「有什麼奇怪的嗎？」

小流好像被點到奇妙的笑穴，笑到停不下來。她有時候會這樣。我就像站在屋簷下等陣雨停一樣，等著她笑完。

「我覺得，」

小流一臉嚴肅地說，「可倫家和妳媽媽，都跟我想像得一模一樣。」

話一說完，她又笑了。

「妳在嘲笑我們。」

「我沒有、我沒有。」

小流從眼鏡底下擦去眼淚，終於停止了笑意，「我覺得很高興。我曾經想過，妳家如果是這樣就好了，結果跟我想得一模一樣。」

「是嗎？」

雖然搞不懂，但她這麼高興，真是太好了。我們圍著矮桌面對面盤坐著，先聊起暑假做了些什麼，然後慢慢接近我們真正想聊的話題。

「『實習』之後，有沒有被問到什麼？」

「問什麼？」

小流說了一聲開動了，咬了一口仙貝。「嗯。」

「嗯？」

「嗝呼！」

小流嗆到了，「這個口味，好獨特啊！」

「該說是很新潮嗎？」

「感覺好像上輩子吃過。」

「妳可以直接說難吃沒關係。」

「艾爾哈特老師把我叫去了。」

小流說道，「隔天，我又去保健室檢查了一次，被問到溺水時的事。不過我說我沒有溺水就是了。」

「妳有啊。」

她在龍島上，腳一滑掉進河裡。

「我重複了好幾次，說我只是稍微被沖走了一下而已。腳有踩到河底，也自行游到岸邊，沒有任何問題。不過，我想小隊有人說出去了，說有人救了我。」

「這樣啊。」

我雙手往後撐在榻榻米上，「果然被發現了。」

我們並沒有特別隱瞞。不對，算是有隱瞞吧？

那個男人好像不希望有人提到他。

「我自行游到岸邊，但最後有人把我拉了上來。後來他就消失在森林裡，所以我沒有清楚看到是誰，我這樣回答。實際上也是這樣。」

「雖然我沒有說，不過那天，我也被叫到三浦老師的辦公室去了。」

小流睜大了眼睛，拿著裝著麥茶的杯子的手停了下來。學校沒有教職員室，但每個老師有私人辦公室，「實習」隔日的結業式當天，老師叫了好幾個學生過去。

「老師問，我在總結時沒有提到，但在島上遇到了某個人對不對？」

所謂的總結，指的是「實習」之後的報告。小隊長吉姆只簡潔地報告了與任務相關的事，並沒有提到男人的事。

「雖然我想裝傻，但還是沒有辦法。或許是吉姆說出去的。」

我們並沒有禁止他說，所以也無可奈何。「不過，小流沒有說出來，對吧。」

「因為沒有人問我啊！而且，我也說過，王子說只要我保密，他就會救我。」

小流稱呼為王子的人——約翰·索德其實是一個大叔，而且看起來疲憊不堪。

「老師問我有沒有跟那個人講過話，我就說只有打招呼。還問我對方有沒有說自己的名字，我就說忘記了。」

我這麼說，「我含糊帶過的時候，門被打開，學園長走了進來。」

「哇——！」

小流說道，「不過，學園長是哪個人啊？」

「就是那個老爺爺啊，出發的時候，在體育館對著大家說了些話的人。」

「啊——寺島老師？」

「是寺田老師。」

糾正歸糾正，其實他走進房間的時候，我也不記得他是誰。「學園長問我，那個男人是不是說他叫約翰·索德？」

我只有告訴小流那個大叔的名字。

「啊！」

小流搖搖頭，「不是我說的。」

「如果是這樣，就表示ＰＥＳ認識那個人。」

我喃喃說道。這是怎麼一回事呢？

「那，可倫怎麼回答？」

「我說，嗯——我不記得了。」

我這麼說，「我一直裝傻。」

那個男人說過，他一直獨自待在島上。為什麼我沒有說出真相呢？不只是因為他看起來不希望別人提到他，而且腦海一旦浮現那對藍色的眼睛，我就說不出口。那對眼睛就像森林深處的泉水，卻一點水也沒有，滿是憂傷。

「欸！」

這時候，媽媽突然衝了進來。「可倫，有客人找妳。太驚人了，今天是什麼幸運日嗎？」

「什麼？」

是誰啊？幸運日又是什麼意思？既然是客人，就表示不是附近的朋友。「是PES的同學嗎？」

「好像叫李文斯頓？她說沒有跟妳約好。」

「什麼！」

這次，連小流也跟著一起尖叫，屁股從坐墊抬了起來。「安莉卡？」

我們一起從後門衝了出去，繞到房子的正面。站在商店前面的是一個這附近不常見、身材修長、打扮得很漂亮的外國女性。

「妳就是松田可倫小姐嗎？」

她戴著寬帽簷的帽子，在小流和我之間猶豫後問了我，「我是安莉卡．李文斯頓的母親。」

她說著一口流利的日語。

「初次見面！」

我陷入輕微的恐慌。直立不動的同時又要低頭，讓我的腰部骨頭差點斷了。為什麼她會來找我？

「我只是想來打聲招呼。」

安莉卡的媽媽看著我們。她仔細端詳著，面露溫柔的微笑，嘴角雖然上揚，但怎麼說呢？眼睛好像在掃描我們。

「那個，我叫間宮流。」

「唉呀。」

安莉卡媽媽像是嚇了一跳般瞪大了雙眼，「妳也是學校的同學吧？我聽過妳的名字。」

「您特地來這裡就是為了打招呼嗎？」

我問道，真的只是為了打招呼？

「啊，我打算買仙貝當伴手禮。很受歡迎對不對？」

「哇啊！」

我這麼說，「謝謝您，您不是住在附近吧？」

安莉卡媽媽笑著搖頭，「不是，但既然要買，不如到安莉卡的朋友家買比較好。」

仔細一看，她提著「松田仙貝店」的紙袋。是春天重新設計過的新款式。

我好感動。

「太好了，她買了仙貝。」

小流說道。我感動的不是這個。她說我是朋友，原來安莉卡．李文斯頓是這樣向她媽媽介紹我的。

「我很開心安莉卡說我是她朋友。」

「嗯？」

安莉卡媽媽有點困惑，帽子下的雙眼眨呀眨的。「啊，不過，她好像沒提到朋友兩個字。」

她說什麼？

「她說她被你們的小隊救了。間宮流同學也是同一隊吧？還有吉姆．史考特、瑪麗莎・巴頓、尼古拉・波羅，不知道他們是怎麼樣的孩子？」
安莉卡媽媽的嘴角又上揚了，向日葵般的黃色洋裝感覺很刺眼。不知道我在她眼中是什麼樣的小孩？安莉卡說我們救了她，光是這樣也不錯。
「我只是想來打聲招呼，今後也請妳們多多照顧安莉卡。」
她這麼說完，便離開住宅區往車站走去。我以為她是搭電車來的，但等到她過了一條較寬的馬路後，就有一輛黑色進口車慢慢開了過來，黃色洋裝就此消失在車裡。
我目送她離開，呆呆站在路上好一會兒，小流開口道：
「我也差不多該走了。」
「咦？不用這麼急吧？」
「現在回去，要傍晚才能到家喔。」
小流回客廳拿包包，然後到店裡向媽媽道別。
「我送妳去車站。」
小流戴上了草帽。

「她真的好帥喔！」

小流說道。

「說真的，安莉卡媽媽到底為什麼會來這裡啊？」

我小聲說道。來買仙貝聽起來就很像藉口。安莉卡家應該在市區內，她在學園所在的山腳下租了房子，一星期會從家中通學幾次。

不知道是電力還是什麼工程，道路變窄了。我們從側邊通過，並沒有看到工程人員。太陽強烈地照射著，紅色三角錐看起來快要蒸發了。

「妳覺得她給妳不太友善的感覺嗎？」

小流說道。

不是的。她反而對孩子們很有禮貌。正因為如此，不知道說這種話是否妥當，總覺得安莉卡媽媽是來評估我是否適合當她女兒的朋友。

就像在超市買蔬菜之前，先翻過來檢查一樣。

「這是妳的直覺，對吧。」

小流說道。沒錯沒錯，就是直覺。正是安莉卡告訴我的話，這對探險家而言是最重要的事情。

「可倫，上學開心嗎？」

分開時，小流在驗票口問我。

「老實說啊，」

我表情嚴肅地低下頭，然後突然抬起頭，露出了賊笑。「很開心！」

「妳很會吊人胃口耶！」

小流笑了。「我也覺得很開心。其實在入學之前，我是不願意去的。」

「妳會開心是因為有我吧？」

「少得意忘形了！」

小流說道，「不過，我就是想這樣說！」

我也想這麼說。而且，不僅僅是因為小流，還有安莉卡、吉姆、瑪麗莎、尼古拉，大家都有功勞。

2

就這樣，時間就像被夏天熱昏了頭似的停滯不前，正當炎夏讓我有學校的一切都是夢境的錯覺時，第二學期開始了。

「各位同學是否度過了愉快的暑假呢？」

這是語言學老師利茲．巴克利問的。

雖然他說的是英語，但戴上名叫「螺」的翻譯機時，傳進耳裡的話會變成日語。幾乎同步翻譯已經夠厲害了，翻譯利茲老師說的話時，就會變成接近利茲老師的聲音；翻譯克拉拉老師說的話時，就會變成高音的女性聲音。比方說，如果尼古拉說的是義大利語，不僅會翻譯成日語，還會切換成男孩子的聲音。

這個螺實在太過優秀，我幾乎沒戴，都放在筆記本旁邊。雖然有時候聽不太懂，但

太過依賴螺，就學不好英語了。

「稍微離題一下。」

利茲老師說道，看起來就像一頭笑容可掬的熊。他的課堂上，離題是常有的事。不過話說回來，這裡有正題存在嗎？「學期要開始了，我想聽聽大家的意見。接下來，用什麼方式上課比較好？」

上學期，我們混合了日語和英語，閱讀了各種故事。對我來說，雖然對英語一竅不通，但因為懂日語所以勉強跟得上；對於母語是法語或義大利語的同學來說，上起課來，肯定更辛苦。

「我要說的不是意見。」

瑪麗莎．巴頓說道。瑪麗莎的日語非常流利，會寫的漢字搞不好比我還多。「我覺得日語真的很奇妙，拐彎抹角的。」

「妳有這種感覺嗎？」

老師問道。

「很多事都沒有清楚的結論，不覺得嗎？」

瑪麗莎說完後，幾乎所有同學都有同感，開始七嘴八舌起來。

「不過，日本人之中也有比較直接的人，美國人之中也有迂迴的人。」

利茲老師笑得像一頭熊一樣，前提是如果熊真的會笑的話。「但這不一定都是語言造成的。」

「可是，」

我說道，「我覺得用英語更容易表達意見，好像會影響到性格。」

「事實上，一直有人在進行這方面的研究。」

利茲老師這麼說道，「研究語言會不會影響人們的思考方式、感受和記憶等等。」

「一定會影響啊。」

開口說話的人是艾倫・佩利歐。艾倫總是非常冷靜，有時候看起來像三十歲左右的人。將來的志願據說是當外交官。

「但是啊，還沒有得到結論喔。」

老師這麼說，「因為使用了某種語言，才會有某種思維；還是因為有某種思維的人使用了某種語言，才會讓語言發展成那樣，實際上並沒辦法斷定。」

的確也可能是如此。教室裡再度喧鬧了起來。

「雖然我們並不清楚一開始的情況。」

這句話是一個叫克倫·費雪的孩子說的。克倫對機器人學很感興趣，非常瞭解。總是一邊揮舞手上拿著的筆，一邊說話，手背和手臂都黑漆漆的；我驚訝地一看才發現，他的手上寫滿了密密麻麻的筆記。

「學習新語言，就能學會新事物。這只是事實，跟程式一樣。」

「我懂。」

我說道，「學會英語後，感覺就能直率地說話了。」

「可倫……」

講話含糊不清的是勝·白令，「即使是英語，也有些人說不出明確的意見啊。」

教室被笑聲籠罩。勝確實是這種類型的人。但是，他喃喃說出的話卻很搞笑，實在令人不甘心。

「只是，為什麼在這裡要學日語呢？」

威爾・盧卡斯說道。他戴著一副看起來就很聰明的眼鏡，而且他真的很聰明，經常和克倫討論一些很難的話題。

「因為 PES 在日本啊，我們老師也一直住在日本。」

老師這麼說道，「感覺拐彎抹角的原因可能很多，但這很可能是因為日語的結論通常在最後。英語是先說 not，但日語是放在最後。到底是贊成還是反對，有時候要聽到最後才知道。」

「看吧！」有人這麼說。

「還有，比方說 I love you。」

老師說道，雙手撐在講台上，「我們不會說 You love i 或是 Love you i，但用日語來說，無論是『我愛你』、還是『我，愛你』、甚至是『愛你，我』，基本上都聽得懂。

語序不固定，也可能是日語聽起來拐彎抹角的理由。」

「果然拐來拐去的！」有人這麼說道，同學們一陣哄堂大笑。

「語言啊，除了單字的不同，還有文法的差異。不過，這不是絕對的。語言經過漫長的時間，會省略或是混合其他語言，產生變化。日語和英語也不是從一開始就沒有任何改變。」

利茲老師說道，「當然，也跟國家遭到侵略和征服有關。」

換句話說，也和探險有關聯。

「現在這間教室也是混合的。」

一陣小小的聲音這麼說，是楊．羅倫斯。

利茲老師面露微笑，豎起了大拇指。

「呼哇——」

有人發出了怪聲，回頭一看是小流。「老師，如果有人對自己說 I love you，這算是表白嗎？」

「好難回答啊。」

利茲老師在「黑板」上寫了戀愛兩個字。PES用的是電子粉筆和電子板擦。「以英語來說，兩個都是Love，日語卻有戀與愛。」

「錯了，老師。」

小流就像在說英語比較拐彎抹角似的，主張自己的意見。「你這樣講會混淆視聽，戀與愛完全不一樣吧？」

「哪裡不一樣呢？流。」

出乎意料地，說這句話的人是瑪麗莎。

「哪裡不一樣？」

連安．阮和尤馬．塔斯曼都抓住這個問題不放。

「快告訴我們。」

這句話是芙蘿拉．神巫說的，「我很想知道。」

「等一下、等一下。」

小流差點就要站了起來，「發問的人是我呀！」

戀與愛是不同的，我懂。但是，我認為戀與愛是同一件事，我也可以理解。我差點就要發表自己的意見，但仔細想想，我對戀愛又瞭解多少呢？

「Love，相當於戀和愛兩個字。」

老師指著「黑板」上的字說道。

「『戀』這個字，原本是意味著吸引的漢字，加上了『心』，表現心意受到吸引的意思。」

關於日語，班上同學大多能說一點，但幾乎不會讀漢字。利茲老師一解釋，大家都發出了驚嘆的聲音。

「『愛』這個字，有個說法是表現人別離模樣的文字，加上『心』所組成的。」

老師繼續說，「所以『愛』這個字，在日語也有悲傷的涵義。也就是Sad。」

教室裡一片哀號。

「Loved和Sad是一樣的？」

未免太令人心碎了！小流和瑪麗莎哭喪地說道。

我和小流在中庭吃午餐。大多時候我們會自己帶便當，但也會去福利社逛逛。賣場有很多文具和生活用品，但幾乎沒有食物。不對，有是有，但都是PES開發的攜帶用糧食；價格非常實惠，但總是激不起購買欲。

一臉慵懶的李奧．庫克老師也在。他是美術老師，但也是一名一流的廚師，獨立負責開發被稱作「糧食片」的緊急備用糧食。

「可倫、流，要不要買新產品？」

他好像很在意銷量，站在櫃子旁攬客。每個年級的校舍都有福利社，有消息說他會利用午休時間，把所有的福利社巡邏一遍。「妳們一定會很驚訝！這是大家都愛的馬卡龍。」

「馬卡龍？」

我凝視著它。扁扁的薄片中間，只看到紅色和黃色的圓形。

「有草莓和檸檬兩種口味。」

在七月的「實習」時，據說分配在每個人的後背包中的是薄片狀可頌。當它膨脹時，會變成外層酥脆、內層有空氣的可頌。這似乎是非常高超的技術，李奧老師對它也充滿了自信。但由於沒有人拿出來吃，都放在後背包裡，讓老師相當沮喪。畢竟大家第一次去「實習」，根本沒有心思吃東西。

「味道不輸給一流的甜點店喔……」

我第一次嘗試的是司康，撕開薄片後，扁扁的圓形就會膨脹恢復成圓筒狀。簡直就像是魔法。原本以為司康裡面會很空洞，沒想到非常紮實，確實很好吃。但我平常也不會想吃。

「我買，我要草莓口味的。」

李奧老師對小流展現了最燦爛的笑容，「MAI、DOARI。」

他的發音聽起來像「My pleasure（我的榮幸）」，其實說的是「謝謝惠顧」的日語。

購買部

一臉慵懶的他露出了雪白閃亮的牙齒，猶如好萊塢明星般的笑容。如果他在我家附近開店，一定會變成排隊名店。

「李奧老師。」

小流收好錢包後說道，「吉姆．史考特，他好嗎？」

「實習」時，他是我們第四小隊的小隊長。後來我們再也沒有見到他。

「喔，吉姆，他還是老樣子啊！」

大多數的老師們也負責教導其他年級的學生，但都不會告訴我們情況。李奧老師負責教一到五年級的美術，還滿口無遮攔的。

「太好了。」

「他還是一樣精力充沛，還是一樣不懂開玩笑。」

「啊哈哈！」

「他太能幹了，有時候會讓人覺得他的年紀比我還大。」

李奧老師眨了眨眼，「我會轉告他，說流很擔心他。」

「關於上次的語言學啊。」

小流說道，深深吸了一口中庭的空氣。

「妳說戀愛那個？」

「那個很觸動人心呢！」

「嗯。」

我答道。不過，小流的感動好像和我不一樣。「我忽然想到安莉卡的媽媽，那也是母愛的一種。」

「妳說得對，媽媽都會擔心嘛。」

小流點頭附和，「戀是受到吸引，愛是思念離去的人。妳不覺得這種解讀很棒嗎？」

「是很棒，我知道啊，因為我也在現場。」

小流坐在長椅上，吃自己的便當之前，先打開了糧食片。一撕開塑膠片的邊邊，馬卡龍就立刻膨脹成圓形。

「喔──！」

不管看幾次都令人佩服。

「那是新產品？」

突然，有道影子出現。抬頭一看，逆光下，看似透明的髮絲搖曳著。長度大約到肩膀左右，輕飄飄的。是芙蘿拉．神巫。

「啊，芙蘿拉。」

小流揮了揮手。

「啊──」芙蘿拉也回應了，用彷彿沒有腕關節般柔軟的手揮了揮。我們在超近距離下，彼此揮了好一陣子的手。我們到底在做什麼呢？

芙蘿拉的爸爸是著名的登山家神巫龍平，據說是這所學園的校友。大約五年前，他在山上喪命了；忘了是看當時的新聞，還是和外公聊到，我隱約記得這件事。芙蘿拉長年居住在國外，日語不怎麼流利。

「要不要吃一半？」

小流遞出馬卡龍。

「當然要吃！」

芙蘿拉堅定地說。

「芙蘿拉啊——」

小流看著我說，「她是李奧．庫克的粉絲。」

「怎麼忽然就說出來了！」

芙蘿拉一邊蹬著腳一邊後退，耳朵好紅。

「果然沒錯。」

小流推了推眼鏡。

「啊，是陷阱題！流！」

她在遠處扭來扭去地搖著手，像是在否定般。「但是，我過來，不是為了馬卡龍。」

芙蘿拉再次走近我們說道，「妳們在說什麼呢？跟我有關的事嗎？」

「跟妳有關？我們剛剛在說什麼？戀愛的事嗎？」

小流問我。

「戀愛！難道是說我跟李奧老師嗎？」

芙蘿拉像是摔角前擺出準備姿勢般，扭了扭手指頭。她的日語不太流利，比手畫腳地，更顯滑稽。

「不是不是，是前幾天利茲老師上課時講的話。」

我這麼說。

「我也覺得不是。」

芙蘿拉接過小流分給她的半個草莓馬卡龍說道，「但是，因為我看到了。」

「看到了？看到什麼？」

「是粉紅色的，像水母一樣，軟軟蓬蓬的東西。浮在妳們的頭上，呼喚著我。」

「什麼？好可怕！」

我不由得發抖。

「畢竟芙蘿拉看得見嘛。」

小流溫柔地點點頭。我聽說芙蘿拉有點奇怪，原來是這麼一回事。她好像看得見軟軟的、輕飄飄的東西，並且根據它們的顏色、大小和柔軟程度，得知它們代表的意義和危險程度。

「類似預知能力啦。」

如果是粉紅色、和水母差不多大小的東西，很可能就是和自己有關的事情。

小流理所當然地解釋道，一旁的芙蘿拉也點點頭附和道。她用點頭的節奏咀嚼著馬卡龍。

「不會是安莉卡的媽媽吧？」

我試探性地問。

「就是她！」

芙蘿拉將手掌垂直舉起來，豎在臉的前面。這在日本是等一下的手勢。

「妳跟安莉卡的媽媽見過面了？」

「妳怎麼知道？」

「芙蘿拉就是知道啊，她肯定能知道。」

小流再次點頭。這到底怎麼一回事？不過，曾經有人提到過，芙蘿拉．神巫有靈異能力。

「那是家庭訪問對吧？」

芙蘿拉睜大了眼睛。她平常總是將眼睛瞇起來，一旦睜開，眼尾就會像松鼠一樣上揚，呈現橢圓形。

「哇！妳居然知道這個字。」

我說道，「可惜不是。」

「那就是粉紅色的軟軟水母。」

芙蘿拉毫不在意地繼續講，「我跟安莉卡交情很好。安莉卡的媽媽，也來過我們家。」

「這樣啊！」

我記得「實習」的時候，芙蘿拉和安莉卡應該是同一個小隊。如果這是調查，未免做得太徹底了。

安莉卡除了與從入學開始就跟在她身邊的三位隨從之外，她和芙蘿拉也走得很近。只不過芙蘿拉會像現在這樣，和任何人都能輕易打成一片。

順道一提，所謂的隨從是指泰瑞爾・李、楊・羅倫斯、以及龍・狄亞斯。泰瑞爾和吉姆・史考特因為同樣的原因，現在已經不是我們的同班同學了。

（或許，她已經去見過那三個人了……）

我覺得有點毛骨悚然。

「可倫家也去了，我有點訝異。」

芙蘿拉用天真無邪的眼神說道，「我以為她媽媽只會去看安莉卡喜歡的同學。」

「妳的前提竟然是安莉卡不喜歡我！」

我不由得從長椅站了起來。

「對不起，原來她喜歡妳啊。」

「也不是啦。」

我又坐了回去。倒也不是這樣。

「安莉卡好像也很困擾，她媽媽，真的保護過度了。」

芙蘿拉把剩下的馬卡龍放進嘴裡，「嗯——真好吃。」

「妳們連這個也會聊啊。」

小流好像很感興趣。

「我聽泰瑞爾．李說的。」

芙蘿拉閉上雙眼品嚐著，「泰瑞爾對安莉卡相當著迷。安莉卡的事，他都知道。」

「哇啊——」

我發出了驚嘆。這世上的戀愛真是無處不在啊！

安莉卡的父母是工作上的夥伴，事業遍及新加坡和香港，在日本設立了兩家公司。這些都是芙蘿拉告訴我的。安莉卡出生後，他們就離婚了，爸爸獨自回到英國，把公司交給媽媽經營。換句話說，兩家公司都交給了太太。

「安莉卡常常這麼說。」

芙蘿拉說道，「第三家公司就是我，媽媽正在經營我。」

安莉卡的完美主義，可能來自於媽媽的期望吧？我們的小隊見識到她有多能幹。

「安莉卡能成為安莉卡，果然是有原因的。」

小流感慨地說。

「也許我家也是單親媽媽吧？我可以理解。」

我能理解安莉卡媽媽的心情，「女人要堅強，媽媽常常這樣說。」

我媽媽只是嘴上說說，但安莉卡的媽媽卻真的把這種想法灌輸給女兒。

就像是按照策略讓公司變得茁壯強大一樣。

3

「各位同學，還記得學校的校訓嗎？」
又過了一陣子，上社會課的時候，克拉拉老師問道。
「其中第二條是，
『探險家不是冒險家』，
還記得吧？」
嗯，的確有這條。雖然我已經忘了。
「探險家可以分為三種類型，科學家、商人、還有傳教士。他們各自有不同目的。
『科學家』型探險家，目的是探索陌生土地、生物和文化等等。他們的目的可以說是發現，或者追求第一次發現的榮譽。那麼，『商人』呢？」

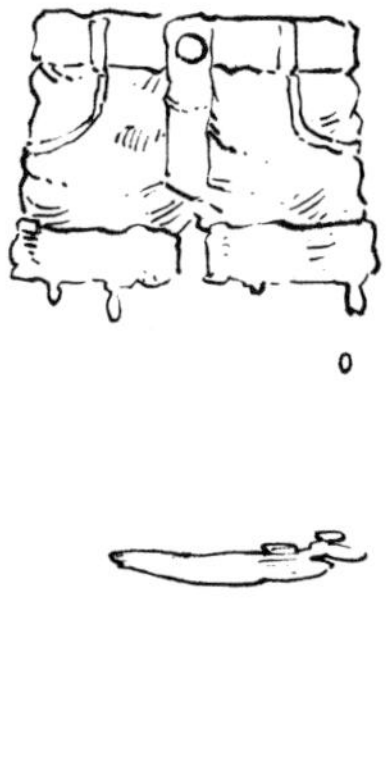

「寶藏。」

有人這麼說。

「是的，這個很容易理解。不過，不僅是財寶，還有香料、象牙，甚至是奴隸。可以賺錢的東西都包括在內。」

老師停頓了一下，注視著我們。「問題出在『傳教士』這個類型，尤其是以傳播基督教為目的的人。與其他兩種相比，不太容易理解。但是，在探險的歷史上，卻是最具影響力的人。」

「中國人和阿拉伯人，也有很厲害的探險家。」

這段話是名叫沃爾夫．赫定的孩子說的，「這點如果不是西方人，更不容易理解了。」

「說得沒錯。」老師點點頭。

「確實如此。」尼古拉．波羅這麼說，「每個人都有求知、賺錢、追求時尚的欲望，但說到傳播基督教，除非是西方人，否則很難理解。」

不是每個人都想追求時尚吧？我是這麼想的，但先不提我的想法，或許是因為尼古拉是義大利人，才會有這麼深刻的體會吧。畢竟世界聞名的羅馬教廷，就位於義大利。

「在探險的歷史上，總是會出現一些知名人物。例如，祭司王約翰（Prester John）。」

克拉拉老師繼續說道，「但是，他不能算是歷史上的人物，因為他並不存在於這個世界上。」

我並不知道這些。

過去，歐洲人相信亞洲和非洲存在著一位名叫祭司王約翰的基督教之王，於是到處尋找他的下落。人們一直相信這個傳說，並且化為各種探險的原動力。

「據說，連馬可．波羅前往遙遠的東方旅行，也是為了尋找祭司王約翰。」

克拉拉老師對尼古拉．波羅露出微笑。

我曾經聽說過，尼古拉是馬可．波羅的後代。但尼古拉只是笑著說：「或許吧？」

在亞洲的基督教之王，現在想想，或許只是一種想像？信仰與想像可能只有一線之隔，而探險就是建立在如此薄弱的基礎上。

「即使如此，只要有探險，就有目的。」

克拉拉老師又重複了一遍，「沒有目的的探險，叫作冒險，兩者是有區別的。」

「我媽媽是基督教徒，但我沒有那麼虔誠。總覺得宗教不怎麼合理。」

克倫·費雪這麼說道。

大家開始七嘴八舌地談論。有的同學家裡信奉伊斯蘭教，也有信奉印度教的。我外婆的墓地在寺廟裡，這代表我們家信仰佛教嗎？我深深感受到，自己從來沒有思考過這件事。

「或許合理性就是關鍵吧。」

克拉拉老師說道，「大家明白我的意思嗎？」

「意思是有道理、符合邏輯。」

「感覺很正確。」

有人這麼說。

「說得沒錯。」

老師繼續說，「克倫說宗教不合理，但是，基督教也會隨著時代的進步，變得更具學術性，我們理所當然地認為自己是合理的、理性的，非常合乎道理。」

「或許真的是這樣。」

我說，「我覺得很少有人會認為自己不合理。」

「但是，為什麼會這樣呢？可倫。」

老師問道。

「為什麼呢？」

我答道。確實，這無關於宗教，每個人本來就都有自己的邏輯。「就算不合理，其實也沒關係。」

「真的，很奇妙呢。」

克拉拉老師聊得起勁時，就會變成嚕嚕米裡面小不點的聲音。「即使不合理，也可以活下去。」

「是這樣嗎？」

克倫說道，「我從來沒有想過。」

「不對，應該不行吧？」

艾倫．佩利歐這麼說道。艾倫一如往常地冷靜，從來沒有看到那蓬鬆的三七分髮型變得凌亂過。「如果允許不合理，世界就會變得一團亂。」

「對啊對啊！」

芙蘿拉說道。真的是這樣嗎？明明她最像不講求合理的人。

我這麼說很沒禮貌，但即使是芙蘿拉，也會認為自己是合理的。然而，每個人都有各自的邏輯，如果意見分歧怎麼辦呢？這樣還算是「合理」嗎？

就像我現在這樣思考，我也認為自己的想法合乎常理。只是，如果不這樣，我們還能夠好好思考嗎……？

「唔啊噫——」

我發出了奇怪的聲音。

「妳還好嗎？可倫。」

「對不起。」

大家都轉過頭來看我，我知道自己臉紅了。「感覺好像來到了宇宙的盡頭一樣。」

「信仰對每個人來說，是非常重要的事。」

說這句話的人，是臉像滑溜水煮蛋的桑迪克斯·鄭。他總是用溫柔的瞇瞇眼和看似惡毒的嘴角，來統整所有事物。「問題可能在於，為什麼會想把自己的信仰強加在對方身上吧？」

「真的很奇妙。」

克拉拉老師點了點頭，「會認為對方竟然不相信自己信仰的神，太奇怪了、搞不清楚狀況。然後馬上轉而認定對方是錯誤的，是邪惡的。」

這一定是因為每個人都認為自己信仰的神是合理的。

不符合邏輯和道理的事，確實不太好。

但是，為什麼會這樣想呢？

從什麼時候開始的？

「所以，會覺得跟自己不一樣的人很可憐、很不幸，進而想要幫助他們走回正道，讓他們變得更好。」

克拉拉老師繼續說。

「因為這樣，就硬生生地改變別人的信仰嗎？』

瑪麗莎說道，「這樣的善意根本就是自以為是。」

不只是信仰，侵略與征服，探險家也會成為幫兇。出於善意？真的是這樣嗎？

我再次沉思。我絕對不要成為在某地為非作歹的探險家，無論是什麼理由——

「雖然有些國家因為傳教士的到來，促進了教育和醫療的進步，但大多數的情況都是侵略和殖民化。這樣會導致國家內意見不同的人，被視為異端並遭到壓制。所謂的『獵巫』行動中，有數以萬計的人喪生，而且主要是女性遭到殺害。這都被視為是不正義的行為。」

小不點的氣氛完全消失了，老師靜靜地說：「也許當時的人們，甚至相信這樣的行為是上帝的愛。」

我似乎離利茲老師所說的愛相當遙遠。愛是什麼呢？我瞄了一眼坐在大桌子對面的小流。

「從下星期開始，暫時會在游泳池上課。」

艾爾哈特老師在上一堂體育課如此宣布時，大家都議論紛紛。

「嘩——」

我感到非常意外。除了很訝異學校裡竟然有游泳池，同時也因為我並沒有期待能上到這種普通課程。

（不過，現在已經入秋了。）

在校內，我們很少踏進比一級生校舍更深入的地方。第一次走到校園內的新地方，心情有些緊張。我們經常用來吃午餐、稱作中庭的地方，雖然分散在各處，卻又綿延成一條大馬路的模樣。在老師的帶領下，大家排成一列跟著她前進。

側眼瞄了一下路過的二級生校舍，最後抵達了三級生校舍，也就是相當於普通中學一年級。

雖然ＰＥＳ沒有區分小學和中學，但通常將三級生以上稱為「中學部」，總覺得有一種長大好多的錯覺，腳步輕飄飄的。

我們東張西望，從一道不是正門，反而像後門的地方走進去。一進去就是一道長長的樓梯，往下走就出現了一座長五十公尺的室內游泳池。

我們在更衣室開始換衣服。

「穿什麼樣的泳衣都沒關係嗎？」

上次有人這樣問，但學校似乎沒有指定的款式。

「任何款式都可以。」

艾爾哈特老師說道，「但是，請不要帶泳衣，而是準備一套普通衣物，弄溼也無所謂的衣服、內衣和鞋子，也不需要泳帽和泳鏡之類的。」

換句話說，這是穿著衣服游泳的訓練。

我們穿著平常的衣服，排隊站在泳池邊。

「這個，」

穿著洋裝的小流說道，「是我害的吧？」

幾根木頭像是要截斷游泳池的水道，橫浮在水面上，用鐵絲串起來，像浮橋一樣。

「是特地做的嗎？還是在挖苦人？」

游泳池重現了小流在龍島上溺水的情景。

我看了左右兩側，尼古拉和瑪麗莎露出苦笑地看著小流。

「流。」

尼古拉說，「這次，讓我們看看妳當河童的實力吧！」

「你才是吧！」

小流對穿著藍灰色薄外套的尼古拉說：「小心點。老師不是說要穿可以弄溼的衣服嗎？」

「這件的確可以弄溼啊。」

尼古拉回答道，「我的衣服通通都很時尚。」

只有艾爾哈特老師穿著泳衣，外面罩著運動服。

小流說過那條河勉強可以雙腳踩到底，不至於溺水；但仔細想想，那的確是一場嚴重的意外。可以理解ＰＥＳ會思考必須要採取對策。

我好像在電視上看過這種節目。老師讓學生從圓木型的浮具上，一鼓作氣走過去。浮具又搖又滑，大家一個接著一個，滑稽地噗嗵噗嗵掉了下去。然後，就這樣練習游到泳池邊。

該說是大家都很優秀吧？雖然感到困惑，卻還是努力完成了。

「我走得過去嗎？」

我自問。坦白說，我覺得自己可以走到最後。

「當然可以。」

老師在游泳池中央說道。她穿著連身式泳裝，漂浮在水面上。

我一邊保持平衡，一邊輕巧地走過去。不摔下去就稱不上是訓練，但是，還是走過去吧！

「哇啊！」

當我走到中央時，「不錯嘛！可倫！」艾爾哈特老師這麼說，然後用力撞擊了浮具。

我大叫，順勢往前翻了一圈，背部直擊水面。老師太過分了。

掉下去後，我非常慌張。看到大家游泳的情況，已經預測到穿衣服會很難游；但浸溼的衣服仍然變得無比沉重，像鐵鍊一樣綁手綁腳的。

「好，不要慌，可倫。」

不是，這種情況我當然會慌啊！比起會不會游泳，慌張才會致命。這麼一想，小流的功力還真的是河童等級。

我按照老師教的方法，先嘗試仰漂在水面上。讓心情平靜下來後，好不容易才游到泳池邊。接著，連爬上岸時，都因為衣服的重量變得無比艱難。

總之，光是沒有陷入恐慌這點，這個訓練就深具意義。聽說這叫「著衣游泳」，有過經驗的人，遇到水難意外的風險就會大大降低。艾爾哈特老師在最後叫全身溼透的我們排列整齊，告訴我們這些話。

但我們之中其實有三位同學不會游泳。包括羅林・阿令古・岡井、勝・白令、還有芙蘿拉。羅林是非洲裔的孩子，雖然這不一定是主要原因，但據說沒有游泳經驗。勝・白令不擅長運動，芙蘿拉則是像漂流木一樣漂在水面，自然地漂到泳池邊。我這才知道，原來像日本一樣在體育課學游泳，其實不是理所當然的事情。

「放學後，我教你們吧！」

艾爾哈特老師說道，「每星期練個幾次，你們很快就會游了。就這麼辦。」

老師看著把牛仔褲和洋裝等衣物弄得溼淋淋的我們，心滿意足地點了點頭。

4

與其說是事件，不如說是意外比較恰當，事情發生在深秋。

我一如往常地轉乘電車，從車站前爬上像小巷般冒出來的昏暗石階，穿過山林抵達學園。此時葉子已經開始轉變成紅黃色並且掉落，早上變得相當寒冷了。

不知道時間上出現什麼巧合，我趕上了早一班的電車，提早到校。早晨的電車班次較少，如果轉乘過程夠順利，有時候會像骨牌倒下般地快速順暢。

（校門還沒開？）

雖然有點擔心，但我順利通過了；走向出入口的途中，不經意地望向操場。

有人昏倒了？

距離很遠，如果視力不好是不會發現的。我迅速衝了過去。

那個人是勝・白令。我想把他扶起來，但又停下手，擔心是否不要移動他比較好。

聽說勝的父母非常喜歡日本，所以給他取了勝這個名字。他的頭髮是黑色的，但眼睛是清澈的綠色。個頭嬌小，娃娃臉，耳朵偏大，講起話來總是非常慢條斯理。

「勝・白令。」

我蹲下來叫他。

「嗯。」

他閉著眼睛，輕輕吐了口氣。「I'm OK（我沒事）。」

「你等我一下。」

我衝了出去。雖然先想到了保健室，但校醫納吉斯老師經常不在。如果要找幫手，找艾爾哈特老師比較好。

老師在自己的辦公室裡。她帶勝去保健室，幫他做了簡單的處理。

「是過勞引起的貧血。」

老師對在保健室外等待的我說道，「目前他已經穩定下來了。」

「太好了。」

「他好像有些事情想告訴妳。」

我走進房間，叫了叫躺在床上的勝。

「可倫，謝謝妳。」

勝想要坐起來，但我制止他，要他繼續躺著。

他告訴我，每天早上校門一開，他就會去操場跑步。

「上次『實習』時，我爬山爬不動，給小隊添了麻煩。我想加強一下體力。」

聽到他這麼說，我感到很驚訝。我完全不知道他這麼努力，也從來沒想過，竟然有同學會這麼拚命參與「實習」。我覺得自己好慚愧。

「拜託妳。」

剛才慘白的臉色，已經恢復了紅潤。勝抬頭看著我說：「太丟臉了，這件事請妳幫我保密。」

「當然，我不會說出去。」

我點點頭答應。

「這是身為武士的慈悲啊……」

我再度點了點頭。

勝一臉嚴肅地訴說著，感動得眼眶泛淚的我，甚至噴出了鼻涕。看來不只是他的父母，他也相當喜歡日本。

又過了一陣子。

放學後，我跟小流一起回家的時候，在車站偶然遇見了威爾·盧卡斯。

「咦，這不是威爾嗎？」

威爾也發現了我們。他站在月台的盡頭，正在看書。

「真難得。」

我向他搭話，「你原來上學不是搭電車吧？」

「還真巧。」

威爾說道，「妳搭電車來上學？」

威爾住在可以搭公車上學的山腳下。他說要去買東西，還說了沿線轉車的站名，正好是小流家附近。

「你總是在看很難的書。」

小流有點膽怯地偷瞄著。那是一本英文書，寫滿了很多數學公式。

「這種比較不難。」

威爾說道，眼睛眨呀眨的，有時會緊閉起來。「我啊，不擅長看字。」

「不擅長看字？」我不由得反問道，「不是不擅長日語，而是字？」

「不管哪種語言都一樣，長篇文章都不行。文字檔我都是用朗讀功能，用聽的。」

平板電腦確實有這種功能。

「算式比較沒問題，我能夠理解。」

「這樣反而比較厲害。」

我說道。竟然會有這種事。我順便問了威爾自己早就想問的一個問題：「你認為那個是遊戲的世界？還是ＣＧ的世界？」

「電車來了。」

小流說道。我們上了車，座位都滿了，於是站在車廂內走道上繼續聊。

「那個啊，妳的意思是那座小島和龍，都不是虛擬的？」

威爾這麼說。

「嗯。我跟尼古拉、小流閒聊過，心想不知道威爾你是怎麼想的？」

「嗯，我認為那絕對不是虛擬的。這是我的看法。」

小流雙手抱胸，靠在通道的牆上，原封不動地回應。「只要你們也經歷過一次溺水，就會明白了。」

「關於那件事，其實有個假設。」

威爾說道，「不過，我還沒辦法證明。」

聽到「假設」和「證明」這些詞，我已經感到心跳加速。

「只要多經歷幾次『實習』，我想就能搜集到更多資料。」

威爾看向窗外，山線列車的風景悠然地流洩而過。「泰瑞爾也這麼說。」

「咦，泰瑞爾・李？」

我非常驚訝。

「對。泰瑞爾很厲害，他懂得大學生程度的數學和物理。」

我完全不知道。原來他是所謂的天才少年啊！我一直以為他只是個有著超越小學生的強壯體格，老是當安莉卡跟屁蟲的傢伙罷了。

「可倫。」

小流忽然凝視著我的眼睛說：「妳現在是不是有很糟糕的想法？」

「別這樣。」

我很害怕，「不要讀我的心。」

「泰瑞爾正在調查真相。」

威爾用幾乎要被電車聲掩蓋的聲音說道，「調查ＰＥＳ的祕密。」

「祕密？」

「沒錯，就是那個『威化餅』的原理。還有那個『實習』，到底是怎麼回事。」

「查出來想做什麼？」

我不由得問道。我自己也很想知道，才會問威爾這些事，卻莫名其妙地突然害怕了起來。他們兩人似乎無視PES的潛規則，私底下偷偷討論的行為，也讓我不寒而慄。

「我只是純粹想知道而已，出於好奇啦。算是科學家類型的探險家。」

威爾露出賊笑，「但泰瑞爾卻想要查出真相……」

兩輛電車交會，發出驚人的聲響。等電車通過後，威爾說：「他的目的是想保護安莉卡。」

「呀啊——！」

小流發出了汽笛般地叫聲。「我好驚訝！太帥了，聽了會讓人傻笑，這就是愛啊！」

然後她看著我。

「不對，這算是戀愛？」

「我不知道。」

我答道，「一定有兩種都不是的情況啦。」

5

就這樣，寒假來臨了。這一點倒是跟一般小學沒什麼兩樣。

仙貝店依舊非常忙碌。

現在正逢年終送禮時期，再加上電視報導後，還陸陸續續被許多平面媒體介紹過，才會這麼忙碌。

就在某個星期天，

爸爸來了，好久沒見到他。

他並沒有特地聯絡我們，我不經意地從客廳看向庭院，發現他就站在夕陽照射的後門外。一對上眼，搞不清楚他是在笑還是因為近視看不清楚，他瞇起眼睛向我揮手。揮手的方式很奇怪，既不是叫我過去，也不是向我道別。

「你過得好嗎？」

我走到門外問他。天氣好冷。

「哈哈，被妳先問了。」

爸爸露出苦笑，低下頭，「真是傷腦筋。」

「沒什麼好傷腦筋的。」

我這麼說，和他一起走到貓熊公園，然後坐在長椅上。公園只有一盞幾乎要融入樹叢的路燈，將葉子早已掉光的樹枝照耀成黃綠色。

「有沒有跟媽媽說？」

我問道。天氣真的很冷，早知道應該披一件衣服再出來。爸爸先是在我身邊坐下，不知為什麼又站起來四處徘徊。他搖了搖頭。

「我什麼都沒說，是偶然看到新聞。」

「啊——這樣啊。」

某個傍晚的節目介紹了仙貝店，已經過了半年吧？

「鏡頭也有照到妳，嚇了我一跳，妳已經變成大姊姊了。」

「沒有啊，我沒變。」

只不過一年沒見，會讓他有那種感覺嗎？

你來有什麼事？這句話，我當然不會問。我也不是小孩子了。我看著爸爸像動物園的馬來熊一樣四處晃蕩。從咖啡色的燈芯絨襯衫露出來的細瘦手腕上，殘留著一些偏黑的綠色顏料。

「我進了一所奇怪的學校。」

我這麼說，「你聽說了嗎？」

「是嗎？」

爸爸低著頭，「那，看來妳真的轉學了。我聽說過，據說是外公希望妳去念。」

原來如此。媽媽告訴我時，說得好像突然知道這個消息似的，其實早在很久以前就知道了吧？我是這麼想的。

我不太會形容，但大人說的話，總讓人覺得很不透明。

「學校怎麼樣？」

爸爸問道。

「很有趣喔，非常開心。」

我回答道。我把指尖伸進大腿和長椅之間的縫隙，擺動著小腿。「有很多有趣的同學，我也學會講一些英語了。」

「那真是太好了。」

爸爸睜大了雙眼，「講給我聽聽看。」

「不要啦。」

我笑了。

「有參加社團嗎？」

「沒有，但我開始慢跑，像是傍晚。」

其實，我原本想早上也跑步。但心想勝應該不打算引人注目，所以我自己傍晚在家裡附近慢跑。

我沒有進一步解釋。進入PES就讀是外公安排的，總覺得爸爸好像會感到很受傷。

我待在外公家的時期，大概是四、五歲的時候。

爸媽離婚也是在那個時候。讓外公照顧我，我猜應該有什麼理由，雖然我從來沒有正式問過。

「爸爸在畫畫嗎？」

「對啊。也許有機會可以辦個小規模個展，大概在明年左右。」

然後他就說要離開了，我很驚訝。

「只是想看看妳而已。」

爸爸是名叫樺島育的畫家，已經不姓松田了。

「媽媽說你可以隨時回來走走。」

「也是。」

爸爸這麼說，低頭微笑。因為太暗，他微笑是我猜的。唯一一盞路燈，立在公園的樹木之間，或許會以為自己也是一棵樹。自以為是一棵樹，卻只有自己在黃昏時亮起，會是什麼樣的心情呢？

「很冷，你應該進來家裡才對。」

我從長椅上站了起來說道，「畢竟，這裡本來也是你的家。」

「我的家？」

爸爸輕輕搖了搖頭，「我很少有這種感覺。」

「改天再來吧，例如過年的時候。」

「說得也是。」

他這麼說。

我覺得他不會來。爸爸和我走到看得到我家轉角的地方，就離開了。他在住宅區馬路的那一頭，回頭朝站在家門前的我揮了揮手。這次看得出來是再見的意思。

寒假結束後的一月下旬。那天我也去慢跑了，吃過晚餐，收拾好碗盤，電視上播放著戰爭的新聞。

「外公不知道在做什麼？」

媽媽坐在暖桌裡說道。

「哪個外公啊？」

我一臉發現新大陸地問道，「該不會去參加戰爭了吧？」

「不會啦！」

媽媽笑了，「不過，他會受各國邀請去當顧問。」

「教人怎麼打仗嗎？」

「教人該怎麼做才能避免戰爭，他是這麼說的。我沒有跟妳提過嗎？」

「沒有。」

我回答道。

掀開了暖桌的被子，我把暖桌裡的溫度調低一點。

「妳外公常說，這個世界有很多岔路，只用頭腦思考的人是看不到的。區區一顆小石頭，就會改變前進的方向。只有親自走過那條路的人，才能看見那顆石頭。」

媽媽說道，「將來有機會，妳不如問問本人吧？」

將來有機會，就這麼辦。雖然不知道他現在在哪裡。

「岔路是嗎？」

我喃喃說道，「爸爸，是不是嫌棄仙貝店才離婚的？」

「應該是吧。」

媽媽點點頭。雖然我們隔著暖桌面對面坐著，她的目光卻投向電視。

「到頭來，外公也是幾乎都把店交給外婆打理不是嗎？讓爸爸去畫畫也可以吧？」

媽媽沉默了一會兒。

「我是這樣打算沒錯啊。」

她這麼說，而且感覺很開心。

「是這樣啊。」

我很驚訝，「既然如此，為什麼要離婚？」

「為什麼呢？」
媽媽說道，「也許是因為妳爸爸無法原諒這樣的自己吧？我猜的。」
「什麼意思？」
「嗯——就是作為一個父親、丈夫、男人的意思。」
媽媽說。
「聽不懂。」
「不懂嗎？」
媽媽接著說：「他肯定是愛著可倫和我的。」
又是愛。
我打了個寒顫。
愛有各種形式，這一點我明白。
我受不了的是，當愛變成因為是女人、因為是男人，所以應該是怎樣的情況。
爸爸的愛和安莉卡媽媽的愛，不一定要這種形式；卻因為牽涉到他是男人、她是女人，而受到影響。就像把石頭翻過來會看到蟲子一樣，所以我覺得毛骨悚然。話說回來，說這種話還真對不起蟲子。

因為人類是由男人與女人生下來，所以無可避免吧？

也許只是因為我還是小孩所以不明白，但我甚至覺得，愛是一種讓自己感到束縛的東西。

（如果有不同於這種形式的愛和戀，或許有一天我也會感興趣。）

當我在心裡苦思著這些事時，媽媽突然一下子掀開了暖桌的被子。

「妳把溫度調低了對吧？」

「對啊，太熱了。」

「臭小孩。」

媽媽鑽進被子裡，調高了溫度。「妳的體溫真高啊。」

「臭大人。」

我說道，然後掀開了暖桌被。透過紅色燈泡的光線，我看到了另一頭的世界。

新年過去了，爸爸終究沒有來；不久，三月也邁入了下半個月。穿過黯淡的樹木下時，會發現花苞逐漸膨脹，看起來像是暗褐色，中央卻有著像是用粉紅色色鉛筆用力畫出來的小圓點，讓人突然意識到：「啊！都忘了你也是櫻花啊！」

就在這時候。

第二次的「實習」來臨了。

6

在上星期預告的那一天，我來到學校，直接在體育館集合，接著就開始分組。

在場的有三浦老師、艾爾哈特老師，還有身材高挑的校醫納吉斯老師。只在實習的日子才能見到的學園長也在，就躲在體育館的角落，這次應該也會說些什麼話吧？還有利茲老師和李奧·庫克。大概是因為他經常待在福利社，會忘了李奧也是個老師，不小心就直接叫了他的名字。

「那麼，我會按照小隊來叫名字。」

利茲老師看著平板電腦，開始叫名字。

「第一小隊，

安莉卡·李文斯頓、

威爾・盧卡斯、
瑪麗莎・巴頓、
勝・白令、
可倫・松田。

小隊長是安莉卡，拜託妳了。」

突然叫到我。這次我被分到第一小隊。我看了看小流，她跟我對上眼，露出了苦笑。
我們被拆散了。

「第三小隊，
蔻拉・巴雷・格蘭迪、
流・間宮、

沃爾夫．赫定、

芙蘿拉．神巫、

楊．羅倫斯。

小隊長是蔻拉，麻煩妳了。」

小流被分到第三小隊。這次變成了五人一組的四個小隊。比上次少了一個小隊，是因為學生少了五人。那五個人其實是二級生，當時真是讓人嚇一跳啊。

「好了。」

三浦老師說道，「接下來要說『注意事項』。這次實習的時間限制是三十一個小時。」

三十一個小時。

上次是七小時，時間一口氣拉長了好多。不過，這件事之前已經聽說過了。因為必須先通知家長，我們要外宿一個晚上。說明倒是做得非常完善，而這也是理所當然的。此外，據說實習地的氣候，與東京的三、四月沒有太大差異。我們事先得知的消息也就只有這些。

「探險的目的和任務，跟上次一樣，出發時會宣布。」

三浦老師說道，「腕針的計時器會自動啟動，一定要在限制時間內回到『威化餅』。實習時，請務必嚴格遵守這一點。」

我嚥下了一口水，突然緊張了起來。

「另外，大家都知道，腕針的功能這次同樣無法使用。但是，將它和螺連線後，腕針之間可以像對講機一樣進行通話。」

三浦老師繼續說：「其實上次也可以。」

那為什麼不告訴大家？

「還有，有幾樣新的ＰＥＳ商品，會在更衣室裡進行說明。呃——那接下來請學園長寺田老師來介紹。」

三浦老師催促學園長走向前，他便從體育館的角落裡走了出來。身後還跟著身穿白色半透明衣服的三個人，和上次的耐熱衣很像。

「他們是研究小組。」

寺田老師介紹道。這是我第一次看到。我聽過傳聞，據說體育館地下，「威化餅」所在的地下四樓，樓上一層就是研究所。

「出發之前，我們會給大家噴上特殊塗層，方便採集資料。我會和你們一起去地下四樓。」

當艾爾哈特老師指示我們開始移動時。

「啊——對了對了，大家聽我說！」

厚臉皮的李奧．庫克突然跑了出來。「包包裡也有裝各位同學很期待的緊急備用糧食！有戚風蛋糕和新產品馬卡龍。就算迫不及待，也不能在抵達前就先吃掉喔！因為當地也可能有美味的食物，要搭配著一起吃。」

「呃——不可以，盡可能不要吃當地的東西！」

三浦老師瞪了一眼李奧，「李奧老師，糧食片不就是這個用途嗎？」

「說得也是，沒錯沒錯。」

李奧．庫克樂不可支地點頭。

「上課時我也教過各位。」

三浦老師連忙說道，「不得不喝當地的水時，一定要過濾、煮沸。」

老師還提到煮水的工具也裝在後背包裡，聽著老師的說明，我開始興奮了起來。這樣是不是很奇怪？或許我把實習當成了遠足或校外教學吧。

打開舞台旁邊的門，穿過冰涼的走廊。這次路線和上次一樣。接著，來到了電梯。

前往地下四樓。

空蕩蕩的「密封艙」裡，排列著每支小隊的更衣室門。我們分別走進去，接過後背包（我們第一小隊是橘色的），這是第二次實習，大家立刻熟練地檢查背包的內容物。

「這是什麼？」

勝．白令拿出一根銀色的細長物品。

「給我吧。」

艾爾哈特老師接下，用大拇指將側邊的開關往上推。那個叫作伸縮指揮棒嗎？它就像黑板的指示棒一樣，喀嚓喀嚓地伸長。

「這樣就開啟了，只要握住握把。」

它啪嘰啪嘰地發亮。是電流！

「哇！」

「功能是電擊，就算對方離得很遠也可以攻擊。PES特製的，名字叫作『電擊棒』。」

老師還咻咻咻地揮舞給我們看，「雖然輕便，但力道相當強大。如果瞄準頸部等部位，應該能產生相當大的重擊。即使對方穿著衣服也能發揮效果，但不會讓人昏倒。

總之，差不多就是能讓對方停止動作。」

艾爾哈特老師將電擊棒恢復原狀後還給勝，「要小心使用。」

「上次沒有這種東西吧？」

慎重起見，我再次問道。

「的確沒有。」

老師點點頭。這是新發明嗎？還是說，這次需要這種工具？

「這是什麼？」

瑪麗莎舉起一張像白色薄膜的東西。

「這是『寢繭』。薄膜狀，可以貼身包裹住身體的睡袋。尺寸不限，不管是成人還是兒童都適用，冬暖夏涼。不只如此，還能保護身體不受害蟲和猛獸的侵襲。」

剛才，她提到了猛獸嗎？

每一句話都讓我忐忑不安。

除此之外，還有高性能毛巾、過濾水的濾水瓶等等。只有威爾分到救生衣。李奧老師的糧食片，每個人都有五片，但沒有人特別提到。
我們將自己帶來的必需品，各自塞進背包的空隙中。
像龜殼般的鐵門，螢幕上顯示著「○」。我們一個接著一個走進去。
「等等，還有一件事。」
一名跟著小隊進入更衣室的研究員說道，拿出氣瓶朝我們每個人的鞋底，噴了某種東西。
「這是什麼？」
威爾問道。
「實習結束後，會用鞋底上沾到的東西進行分析，搜集實習地點的資料。」
老師轉向研究員說，「是這樣沒錯吧？」
「是的，同學們不用放在心上。」
穿著半透明白色衣服、戴著口罩的研究員，看起來雖然有些嚇人，但說起話來卻是爽朗年輕人的感覺。

在鐵門裡，我們按照順序接受身體掃描，穿過像蒸汽一樣的物質，然後進入空蕩蕩的「威化餅」。

每個人分別坐在椅子上，繫上安全帶。

團隊真的很不可思議。無論平常的交情好不好，只因為分到同一個小隊，就能感受到強烈的凝聚力。我再次看了坐在長椅上的安莉卡、威爾、瑪麗莎和勝的臉。無論發生什麼事，我們這幾個人必須互相幫助、完成任務，然後安全歸來。

（那，我們要完成什麼任務啊？）

地面喀噹震動了一下。天花板的喇叭發出沙沙聲，廣播開始了。

「大家準備好了嗎？要出發了。大約十三分鐘到十四分鐘五十秒就會抵達。」

這是三浦老師的聲音，「我來宣布這次的任務！尋找曼德拉草！曼德拉草，以上，完畢！」

7

就這樣，我又作夢了。

「威化餅」啟動時，總是會讓人頭昏昏的，然後作很奇妙的夢。這次果然也和上次一樣。

媽媽在哭。

我知道這是夢。她為什麼哭呢？小時候的我這麼想。

我必須保護她。

我一定要保護媽媽才行。

降落地點是海邊。陽光燦爛的白色沙灘，環視四周，四處有突出的黑色岩石，感覺

就像走進了黑白老電影裡。清新的海風掠過脖子，帶來的海潮味告訴我這不是電影。我們從「威化餅」走下來，凝望著傳來柔和海浪聲的海邊好一會兒。

沒有其他小隊的身影，跟上次一樣。

「這個地方，滿潮的時候應該不會被淹沒吧？」

勝望著遠方的海面說道。我們站在沙灘上，因為自身重量讓沙灘下陷的「威化餅」，也在這時候漸漸隱形。這就是所謂的光學迷彩。

「我想應該不會在這麼危險的地方登陸啦。」

我這麼說道。就算ＰＥＳ很隨便，也不至於這麼冒險吧？

三十一個小時。

我們大約是在上午十點出發的，時限應該是明天下午五點左右，但是我們並不知道這裡的時間。

「我覺得現在應該是上午。」

我盯著腕針上的時鐘，那些數字已經失去意義。

「只能靠計時器來確認了。」

威爾說道。已經過了五分鐘。「那麼，我們出發吧？」

「我有問題，剛才不好意思說。」

我舉起手，扭扭捏捏地問：「曼德拉草是什麼？」

「是一種植物。」

勝・白令解釋道，「又叫作毒茄蔘，根部長得像人的模樣，拔起來時會發出可怕的叫聲。據說聽到叫聲的人都會死掉。」

啊，我好像在哪裡看過。

「可是，那只是傳說吧？」

我本來要說它不可能存在，最後還是沒有說出口。上次的龍，明明也是不可能存在的東西。

「如果安．阮在場就好了。」

瑪麗莎說道：「我覺得安一定非常瞭解。」

安．阮是一個喜歡超自然現象和神祕生物的孩子，將來想從事相關工作。我不知道是不是真的有這種工作，但上次安沒有見到龍，失望到仰天長嘆。出發前，我在體育館看到安穿著黑色的緊身服，感覺是來真的。

「要不要聯絡大家，問問看？」

威爾將手腕上的腕針朝向我們，「應該可以通話。」

「碰到困難時再說吧？」

瑪麗莎笑了，聳了聳肩膀。

「也好，這樣才不會有先入為主的觀念」

安莉卡說道。

「腕針的地圖好像不能用。」

安莉卡將手腕伸出來給我們看，然後邁開腳步，像是在確認似地露出了微笑。安莉卡的微笑，不是日語中那種「嘴角揚起的笑容」，而是一種傳訊號給大家的感覺。不知道她是如何做到的？總會讓我心跳加速。

「首先要先搞清楚這是哪裡。」

寬闊的沙灘上，聳立著一處像堤防般的陡坡，我們開始往上爬。天空雖然晴朗卻帶著淡灰色，陽光雖然強烈，卻像是隔著一層布，沒有刺眼的感覺。我覺得這裡應該是北國。

爬到坡頂，放眼望去是一片滿是碎石的土地。矮小的雜草間，隱約可見砂礫色的大地。有些地方生長著低矮的樹叢，用個詞彙形容就是——

「貧瘠。」

沿著海岸，腳邊有道路一下向左、一下向右，蜿蜒地延伸……我大聲說道：「這裡有路耶！」

「看來這裡有人住。」

安莉卡說道。換句話說，這裡和上次那個荒涼的小島不同。
我們背對大海，看向道路的右側。
「啊！」
我叫道。大家也看到了。幾十公尺遠的道路旁，停著一輛馬車。那種馬車叫什麼啊？用布包覆的、長得像蛋糕捲一樣……
「是篷車。」
勝低聲說道。
「就是那個！」
有一頭長得很結實、應該是負責拉車的馬，正在吃牠腳邊的草。兩個男人和一個女人，一邊交談一邊從篷車的暗處走出來。那個顏色叫作「Sand beige」嗎？陽光照射在介於砂礫色和灰色之間的筆直道路上，看著看著，道路、篷車和人的輪廓逐漸融為一體。
「那個打扮。」

瑪麗莎低聲說道。其中一個男人穿著長度及腰的上衣，用皮帶束起來，女人則是穿著裙子。另一個年輕男子雖然很瘦，但體格結實，穿著一件皮背心。整體顏色是棕色和灰色。「怎麼說好呢？有點像是中世紀的歐洲。」

「或者，可能是這種主題的樂園。」

我哈哈笑了出來，但只有我一個人在笑。

「過去看看吧？」

安莉卡背起後背包，迅速邁開腳步。

（太沒警戒心了吧？）

我先是擔心，隨即感到後悔。不知道安莉卡是什麼時候拿出來的？她早已將右手繞到背後，喀嚓、喀嚓、喀嚓地伸長了電擊棒。

「嗨！」

注意到我們的長上衣男子說道。正確說來，是耳朵裡的螺在說話。這是什麼語言？

頭髮像草一樣蓬鬆的西方人，說的並不是英語。男子又繼續說了些什麼。螺又說了好幾次，像是拼拼湊湊的、不知所云的詞彙。安莉卡、威爾和我，幾乎同時把手指按在耳朵上。

「孩子、這附、不是、近。」

就像調整收音機的廣播頻道一樣，男子的話語忽然變得很清晰。

「你們不是這附近的孩子吧？」

螺追上了進度，像是轉眼間就掌握到他所說的語言一樣。

「等一下。」

正在調整腕針的威爾，摘下一邊耳朵的螺，放在手掌上。

「我們是旅行者。」

威爾說完，螺的喇叭便傳出了翻譯後的話。原來還有這種功能啊！

「這是怎麼回事？」

篷車的三人都驚呼，「貝殼在說話！」

「是我在說話。」威爾說道，「這個小東西，用各位能理解的語言，幫我們重說了一遍。」

「你們是從哪裡來的？」

穿長上衣的男子晃動著乾草般的頭髮，雙手張開。他瞪大了眼睛，雖然驚訝卻並不害怕，看起來非常開心。「我第一次看到、聽到這種東西！」

「我們來自遙遠的東方。」

安莉卡走到威爾身邊說道，螺翻譯了她說的話。

「我是路茲。」男子這麼說，然後指向旁邊的女子。「她是奧莉薇亞，我們是旅行的賣藝人。」

「你們好。」奧莉薇亞用像這片土地般明亮的榛果色眼睛微笑回應。

「我叫作胡戈。」

另一位穿著皮背心的高大年輕人接著說道。眼睛上方突出的骨頭上，有兩道淺色的眉毛，表情看起來像是瞪大雙眼。仔細一看，他的袖子和領口，隱約可見用細鐵鍊編織成的衣服。那是叫鎖子甲嗎？「我在旅途中和這對夫婦有緣相遇，一起同行。你們呢？」

「我們，也算是在旅行。」

這句話是威爾說的。他突然直接地說了出來：「我們在找『曼德拉草』。」

「什麼？」

路茲突然發出奇怪的叫聲，「天啊！這怎麼說呢？竟然在找曼德拉草……」

「你知道哪裡有嗎？」

「不知道。」

路茲回答道，奧莉薇亞從後面打了他一下。

「路茲先生不知道嗎？」

路茲腳步踉蹌，胡戈顯得很驚訝。

「胡戈，你知道嗎？」

奧莉薇亞問。

「根本不知道。」

路茲和奧莉薇亞都差點摔倒，顯得很失望。

「那，它要怎麼吃啊？」

胡戈一臉正經又問了一次，我不禁笑了出來。大家也忍不住跟著笑了。連胡戈在內，彷彿這裡的人全都是旅行的賣藝人，默契好得不得了。

「它是一種植物。」

威爾一邊忍住笑意，一邊解釋道，「應該是一種藥草，我們也沒有看過。但根據流傳，它的根部長得像人類，被拔起來時會發出尖叫，聽到叫聲的人會生病或死掉。」

「像是魔物類的東西啊。」

路茲說著，身體抖了一下。「我們也是第一次來到這裡。我們從北方開始旅行，聽說這裡有個港口城市，特地繞過來看看；沒想到最近這五年的漁獲量相當少，讓這裡變得非常蕭條，根本找不到工作。所以，我們正打算要去胡戈的家鄉，一個名叫盧沃的城市。」

「原來是這樣。」

威爾說道，轉頭看向我們，「怎麼辦？我們也跟著去看看嗎？」

「也好，反正沒有其他線索了。」

瑪麗莎看向安莉卡。「如果有城鎮的話，或許會有知識豐富的人。」

「從這裡去那裡有多遠？」

安莉卡問道。她把自己的螺當作喇叭，我們也各自調整了腕針，並做好準備。

「現在出發的話，大概中午前就會到了。」

胡戈回答道。算算大概一個小時左右吧？說得也是，如果去了那個地方，卻沒辦法準時回到「威化餅」，那就失去意義了。安莉卡真是冷靜。

「對了！」

奧莉薇亞輕拍了一下手掌，「藥師應該會知道吧？」

「藥師？」

我們同時反問道。

「靠製作藥物討生活的人，對樹木、花草、生物都很熟悉。」

「說得也是，你們跟我來。」

靠在篷車車輪上的胡戈向我們招招手，邁開了腳步。

胡戈叫我們站在道路對面的邊邊。面向大海，往右邊看去是一片沙洲。「威化餅」著陸的那一帶，更前方的海岸形成一處類似海灣的地方，雖然被樹木遮住了視線，但看得出來那裡應該是河口。

「沿著那條河往上走一段路，會看到一座很大的橋。我們要過那座橋，進入盧沃。你們不要過橋，繼續直走就可以了。」

胡戈一邊用手指比劃一邊解釋，他一動，手臂的鎖鍊就會發出聲音。「離這裡最近的是贊因村，村子旁邊的森林裡就有一位藥師。」

聽起來，從橋還要再往前走大約一個小時的路程。

「如果是藥師，會知道曼德拉草嗎？」

瑪麗莎問道。

「喔！好怕好怕。」

在一旁聽著的路茲顫抖著身體說，「不知道為什麼，我覺得你們最好少提那個名字。」

「對啊，會把它召喚出來喔。」

奧莉薇亞說道。

「請問，你們說的藥師。」

勝問道，「該不會是……女巫？」

「女巫？」

奧莉薇亞疑惑地歪著頭。

「算是魔法師吧，會使用神祕的法術之類的……」

勝解釋道。

「類似妖精嗎？」

路茲也納悶地問，「不好意思，我幾乎沒聽過這個字。不過，在我們看來，你們更像你們口中的魔法師。」

他們三人所在之處，是路邊草叢長得有點茂密的地方，還有湧泉冒出來。他們靠著篷車在那裡稍作休息，正打算出發時，一邊的車輪卻陷進了水坑裡。

「我們越推，車輪就陷得越深，正煩惱該怎麼辦才好。可以的話，可以請你們也來幫忙嗎？」

路茲說道。

「用這個來墊住車輪吧。」

瑪麗莎從後背包拿出那條高性能毛巾。她把毛巾鋪在泥濘和車輪之間，然後大家一起推篷車，很輕易就脫困了。毛巾真好用……

「天啊！你們幫了大忙！」

路茲高興地撫摸馬背，馬用鼻子發出噗嚕嚕的聲音。「這傢伙也在跟你們道謝呢！」

「不客氣。螺沒辦法翻譯馬說的話，但我們感受到了。」

瑪麗莎笑道，用湧泉清洗毛巾，擰乾後啪沙啪沙地甩，幾乎就快乾透了。如果小流在這裡，她一定會說：「現在買最划算！」

我們邁開腳步，威爾對勝說：「勝，拜託他們用篷車載你吧？」

我想他應該是不經思考就說出這句話的。

「不用了！」

勝滿臉通紅地拒絕。

8

沿著河流的路修整頓得很好，不會太陡峭，可以輕鬆爬坡。裸露的地面旁邊，長著馬會吃的軟嫩青草，不知名的草叢隨風搖曳。奧莉薇亞負責駕駛篷車，路茲和胡戈則與我們一起步行。我們一邊聽他們聊著有趣的旅行故事，一邊悠閒地跟隨著篷車往前走。

「其實原本還有一個同伴。」

奧莉薇亞從駕駛座上說道，「是我們的老朋友，可惜感染流行病去世了。在那之前，我們會一起演一些簡單的戲劇，但現在只剩兩個人，要演戲有點困難。」

路茲笑著繼續說。

「演戲啊，如果有三個人，兩個人在說話的時候，第三個人就可以躲在旁邊，扮演不同的角色。就這樣不斷重複，即使是很複雜的劇情也能演出來。」

「最近是用球表演。」

奧莉薇亞說道。

「還有樂器和唱歌。」

這句話是路茲說的，「唱歌呢，首先是把偉人的教導化為歌詞，讓聽眾佩服。然後加入傳說和小故事，讓觀眾開懷大笑。」

「最後，由我高唱一曲悲劇般的戀愛故事。」

奧莉薇亞拉開嗓門，發出啊啊啊的高音，「這樣就能使觀眾落淚，掌聲如雷，打賞也非常踴躍。」

他們比手畫腳，活潑的談話方式也深深吸引著我們，惹我們發笑。

「怎麼樣？你們其中有沒有誰願意當旅行藝人呢？一、兩個人，甚至是五個人都加入也可以。感覺你們有陌生國度源源不絕的話題啊！」

我們又笑了，路茲露出了溫柔的眼神。

「這樣啊，太可惜了。不過，我是認真的！」

他笑道。

「胡戈雖然沒有得流行病，但去遠方當過傭兵，受了傷。」

奧莉薇亞在駕駛座上，讓風吹動她的栗子色頭髮說道，「他當時非常虛弱，我們給他吃飯，他就成了我們的旅伴，還順便當保鑣。」

緩和的上坡持續了好一段路，越來越像山路了。兩側冒出高壯的針葉樹，風也帶來綠色的香氣。拉篷車的馬匹比我們所見過的馬還要壯碩許多，感覺拉起車來游刃有餘。我覺得這是很好的運動，輕快地走著。就在這時候。

「欸。」

瑪麗莎從背後輕聲說道，「可倫果然怪怪的。」

「呃？」

我一邊走一邊回頭看向瑪麗莎，「哪裡怪？」

「的確很怪。」

安莉卡也點頭附和，打量地看著我的腳邊。

「咦？什麼？」

我一邊檢查自己的鞋子和屁股有沒有沾到什麼，一邊倒退走，差點摔倒了。有人說我怪怪的，就會立刻打亂我的心情。我真是一個膽小鬼。

「妳的走路方式。」

瑪麗莎說道，「上次實習時我也注意到了。妳走路時同手同腳，平常不會這樣吧？」

「那個是不是所謂的『難波步』？」

勝．白令突然提高了聲調，難得這麼亢奮。

「啊！」

我感到驚訝，「好像是叫這個名稱沒錯。小時候，外公在山上教過我。」

「右手和右腳、左手和左腳同時行動，這種走路方式在日本江戶時代很盛行。」

勝這麼說，「據說這種走法，後腳踏得比較穩，非常適合在山地行走。」

「哇——你怎麼知道這種事啊？」

瑪麗莎訝異地問。

「因為我爸媽很喜歡日本。」

不僅僅是喜歡，也許他們是研究者。畢竟勝也有那種學者氣質。

「原來如此。」

瑪麗莎一邊模仿一邊說，「是這樣嗎？」

「真有趣。可倫好厲害喔！」

威爾這麼說，也跟著一起模仿。「好難喔！」

「對啊，的確滿難的。」

雖然我這麼說，但其實我對江戶時代並沒有研究。直到他們提醒我，我都沒有意識到自己用了那種步行方式。

就在大家跟著模仿時，瑪麗莎和威爾突然絆到樹根，發出「啊！」的叫聲，同時摔倒了。

「你們在幹嘛？」

路茲他們覺得很奇妙，全都笑了。

「一直沿著這條路走，會碰到一座山丘。」

我們在路口停下來，胡戈指著前方。上坡路微微地蜿蜒，消失在樹木的陰影中。「山丘的右邊可以看到村莊和森林，應該很容易辨認。」

「我們要從這裡向左走。」

奧莉薇亞說道，一邊用手按住被突如其來的風吹起的瀏海。「不過，可以的話，最好不要經過村莊，直接往森林走比較好。」

「的確是。」

胡戈說道，「村民警戒心很強。看到外來的陌生人，說不定即使對方是小孩子，也會做出不友善的事情。」

「我們明白了。」

我們點點頭，向他們道謝。

「謝謝你們對我們這麼親切，還幫我們帶路。」

安莉卡說道。

「有句話說出外靠朋友嘛，保護弱小是理所當然的。無論是來自異國還是哪裡，小孩子都應該受到保護。」

路茲雙手抱胸說道，奧莉薇亞也點頭贊同。

我非常感動，對一旁的瑪麗莎說：「這是不是叫作愛你的鄰人啊？基督教說的。」

「基督？」

路茲疑惑地歪著頭，「雖然不知道妳說的是誰，但不用別人教，這麼做也是理所當然的。」

我以為他在開玩笑，正要笑出來，臉卻僵掉了。

（他不知道基督教嗎？）

我不由得與其他人面面相覷。

瑪麗莎和盧卡斯也輕輕搖了搖頭。

「嗯？我說了什麼奇怪的話嗎？」
路茲指著自己，我們同時搖搖頭。
「嗯，那就這樣，你們路上小心。」
奧莉薇亞說道。
「保重！」
胡戈也跟著說。
「你們也保重！」
我們揮手道別，往左右分道揚鑣。

「好舒服的風。」
在一處視野良好的山丘上，安莉卡這麼說，「我們就在這裡吃午餐吧！」
雖然不知道正確的時間，但感覺的確該吃飯了。應該說，這個時代或許還沒有準確的時間概念。像是白色顏料輕輕掃過般、無限延伸的蔚藍天空下，透過山坡斜面上樹木的縫隙，可以看到田地，更遠處則有一些散落的村莊。

保險起見，我帶了三個自己做的三明治當作午餐。大家似乎也都帶了分量偏多的便當。

「沒有人信任李奧·庫克耶？」

我坐下來說道。每個人分別選了看起來草地柔軟、或是風景宜人的地方坐下。朝我們走來的方向看去，卻看不到海岸。即使看得到，「威化餅」也會隱形起來。

「以緊急備用糧食來說，是不難吃。」

瑪麗莎這麼說。

「事實上，它真的很好吃。但是，」

威爾說道。

「很無趣。」

勝這麼說。

「沒錯、沒錯！」

話題集中在糧食片身上。

「上次那個可頌？沒有人吃，李奧好像很沮喪。」

瑪麗莎打開了自己的保鮮盒，看了安莉卡，「不能怪我們，我們根本沒那個時間吃，對吧？」

「是啊，不過。」

安莉卡拿起貝果三明治的紙袋，邊咬邊說：「倒掛在懸崖的時候，好像有時間可以吃？」

「喔……」

安莉卡難得開玩笑，瑪麗莎卻說不出半句話，而且莫名其妙地臉紅了。

「別說吃可頌了，上次連開作戰會議的時間都沒有。」

威爾說道，咬了一口沾滿砂糖的甜甜圈。上次威爾是第五小隊吧？他說追著飛在空中的龍，在山裡時間用盡，只好返回威化餅。「沒辦法擬定作戰計畫，我在這裡就失去意義了。」

「欸，如果我說了什麼奇怪的話，希望大家不要介意。」

勝小心翼翼地開口說。我看到他的後背包裡有三個炒麵麵包，比起他說的話，我更在意這個。「這裡，真的是歐洲嗎？」

「嗯，我懂你的意思。」

我這麼說，「基督教，對不對？」

「嗯——」

瑪麗莎也說：「難道有基督教傳播不到的地方嗎？」

「再不然就是更久以前？耶穌還沒誕生的時候。」

我舉起三明治說道。

「那就是公元前了，比方說古羅馬之類的。」

勝這麼說，「但是，這裡看起來沒有那麼古老。」

「嗯嗯。」

威爾的嘴角還沾著砂糖，不停點頭表示同意，「頂多是中世紀的歐洲。」

中世紀歐洲，大概距今五百年到一千年前的時期。克拉拉老師上的課，立刻派上了用場。

「不過，胡戈掛著細劍對吧？那個啊，應該是更後來的時代才有的。」

勝這麼說。想不到他對這種事這麼內行。「中世紀應該還在用大刀和斧頭才對。」

「不管怎樣。」

我說道，「換句話說，這就是那個吧。」

「穿越時空。」

威爾說道，他在眼前豎起手指頭，手指上也沾著糖。「『威化餅』就成了時光機了。」

「時光機已經做出來了嗎？」

我問了一個愚蠢的問題。時光機又不是晚餐，怎麼會問這種奇怪的問題？

「還沒有。」

威爾笑答，「我覺得不可能做得出來。理論上和技術上都不可能，就算是ＰＥＳ也沒有那麼神通廣大。」

「不過，如果是時光機，上次的小島就說得通了。」

勝這麼說。也就是說，那頭龍是出現在恐龍存在的時代。

「我們驗證過那個可能性。」

威爾說道，「我跟泰瑞爾．李一起討論過。」

「是喔？」

安莉卡已經吃完了，正在收拾垃圾。「我聽說你和泰瑞爾碰過面，原來是在討論這件事啊？」

「可以跟學長碰面嗎？」

勝嚥下炒麵麵包，張大了眼睛。

「其實不可以。」

威爾瞇起眼睛，「可是，有太多事情想知道嘛！求知欲抑制不了啊，泰瑞爾也是這種類型的人。」

「看來你們很合得來。」

安莉卡用手拍掉了貝果的餘粉，「那，有結論嗎？」

「我們有一個假設，但是還沒有證實。」

威爾看了看我。我嚴肅地點點頭，雖然我並不明白是什麼意思就是了。

「上次去過島上之後，大家出現以下這些說法。」

勝一邊回想，一邊扳著手指，「有穿越時空的說法，還有ＰＥＳ建造了人工島的說法，還有類似遊戲虛擬世界的說法，大概是這些吧？」

「人工島這個說法可以排除了吧？這次有人居住在這裡。」

瑪麗莎用短叉子戳著保鮮盒內的鬆餅和水果，「就算是人工的，如果是在地球某處，應該可以連上網路。」

「就算是沒有網路的地方，理論上應該也可以使用地圖。」

威爾用連帽上衣的袖口擦拭指尖，然後戳了戳腕針，「ＧＰＳ的訊號是從宇宙的衛星傳送過來的。」

「除非ＰＥＳ故意切斷訊號。」

勝舉起腕針，但手上握著炒麵麵包，看起來就像是高舉炒麵麵包似的。

「不管怎樣，我覺得那三個人，應該不是ＰＥＳ派來的人。」

我一邊吞下三明治，一邊沉思。

根據勝的說法，這個時代應該是中世紀之後。如果我們真的穿越時空來到這裡，「意思是，這裡是古歐洲的某個地方？」

「嗯。我本來以為他們說的是德語，但螺好像很迷惘。」

勝這麼說，「是古老的德語，還是方言呢？也可能是更罕見的語言。」

「早知道就問他們這裡是哪裡。」

我說道。

「對啊。不過，問了之後，我們又能理解嗎？」

勝用幾乎要聽不見的聲音說道，「如果是中世紀，『德意志』這個國家也還沒有成立。」

「喔喔！」瑪麗莎喘了口氣，「不過，無論這裡是哪裡，有可能不知道基督教嗎？」

「那麼，剩下的可能性就只有虛擬世界了。」

我坐在草地上，雙手繞到背後撐住上半身，「虛擬國度。『威化餅』啟航時，大家會突然變得昏昏欲睡對不對？是不是在那時候連接到某個遊戲世界裡啊？」

「用電腦繪圖創造海洋、天空和風景，感覺是可行的。」

瑪麗莎一邊指著四周一邊說，但口氣似乎無法認同，「不過，我們現在看得到彼此，大家覺得這是ＣＧ嗎？」

「哇！」

勝環視我們。然後，盯著自己彎曲的膝蓋，將雙手握緊又張開。「這是ＣＧ嗎……？」

「如果不是ＣＧ，那就是每個人的大腦都被動了手腳，看見了幻覺之類？」

瑪麗莎這麼說。

「幻覺？」

威爾突然凝視著勝的眼睛。

「不，我不認為這是幻覺。」

勝變得不知所措，「可是，如果是幻覺，那我們現在這樣交談又是什麼情況？每個人都在自己的夢境裡自言自語嗎？」

「但是，這樣一來，我們回到PES後，大家看到的事物、聊過的對話都不會一致吧？」

瑪麗莎輕輕甩了塑膠叉子。

「也許PES操控了我們的記憶，讓記憶維持一致！」

勝驚叫道。

「好可怕！」

我也跟著驚呼起來。我開始覺得「威化餅」啟動時作的那個夢，可能會一直持續下去。

「好了，別再說了。」

瑪麗莎伸出舌頭，做出嘔吐的動作，「會讓我消化不良，我開始頭暈了。」

不知不覺間，我們都把螺摘下來，幾乎全程用英語聊天。我也覺得這真是一大進步，只希望這不是幻覺。

以前有站著聊過天，但這是第一次深入討論「實習」這件事。雖然我們是剛組成的小隊，卻毫無顧忌地表達自己想說的意見——

（探討啊！）

我察覺到了。在那堂課上像混戰般激烈爭論，肯定派上了用場。或許這是非常重要的一件事。當我們迷失方向、面臨危機的時候，首先該做的就是討論。討論不只重要，說不定會關係到探險隊的生死。

吃完午餐後，我們繼續前進。稍高的山丘逐漸變得像堤防一樣窄，有時會穿過清涼的樹蔭，開始往下走。

當我們排成一列前進，到達山腳附近時，眼前忽然一片開闊，平緩的斜坡連接著田地。可能是小麥或豆類的田，雖然已經收割完畢，但遠處還是看得到忙著農務的人影。

往田地的左邊望去，森林像是不讓人通過似的環繞成一整片。也許是逆光的緣故，看起來不像綠色，而是漆黑色。

「沿著山丘走吧。」

安莉卡說道，並修正了路線。雖然直接穿過田地會更快，但路茲他們說過，盡可能不要靠近贊因村。

走了四、五分鐘後，來到了森林入口。一踏進森林，背後就立刻感受到一陣涼意。

（這不是我熟悉的森林。）

樹木雖然高大但稀疏，相當開闊。柔和的綠光充滿整片森林，或許是錯覺吧？感覺比外面更明亮。腐朽倒塌的樹木，被鮮豔的綠色苔蘚覆蓋，樹下冒出的可愛葉子，富含溼潤的水氣；輕柔灑落的陽光縷縷，彷彿有置身海底的感覺。

「哇——」我們一邊發出讚嘆聲，像閒逛似地般漫步其中，踩踏著鬆軟的青苔和草地上。

「應該是那邊吧？」

安莉卡忽然指向右邊遠處說道。

「咦？」

我不由得地大聲叫了出來，叫聲很快就被靜謐的綠色吸進去。

「不對嗎？」

安莉卡轉身看向我。

「不是，剛剛我也是這麼想的。」

我搖搖頭，覺得安莉卡真的很厲害，「那邊有路。」

「這種事，可倫就是會知道。」

瑪麗莎點點頭說。

「光靠可倫或許不太可靠，但安莉卡也這麼說就一定是了。」

威爾說道。

「你說什麼？」

我嚇唬大家，但大家已經往前邁開步伐。

9

稍微走了一段路後，森林中出現了一條不像野獸走的路，而是相對堅固的小徑。繞過大樹蜿蜒著，有砍伐和拓寬的痕跡，看起來經過了一番整頓。

「安莉卡好厲害啊！」

瑪麗莎說道。

「是我！是我！」

我一邊說一邊前進，突然間看見了一間像小屋的建築物。

「噓！」

我說道，「瑪麗莎，安靜點。」

「妳比較吵吧！」

瑪麗莎這麼說著，但我仍注視著視線的前方，屏住呼吸。

除了小屋，還有一處用矮石牆圍起來，很像菜園的庭院。在小屋斜後方的樹林間，有一隻神祕生物正窺視著我們。

「不會吧？」

勝斷啞地小聲說道，「獨角獸？」

樹葉間灑落的柔和陽光下，有一匹閃閃發光的白馬，牠的額頭上長出一支螺旋狀的角，圓溜溜的黑色眼睛正凝視著我們。

我們也一樣凝視著牠。著迷於牠神聖的氣質，目瞪口呆。

「亞孚。」

背後忽然傳來一個聲音，我們嚇得大叫並驚訝地跳開。

「對不起。」

一個眼睛又圓又大、皮膚白皙的女孩子站在那裡。「我沒有要嚇你們的意思。」我跌坐在地上，一邊後退，同時呆呆地張開嘴巴。「難道妳就是藥師？」

那算是銀灰色嗎？沒有特別保養、打結般扭在一起的銀灰色頭髮，如同永晝下的冰河，發出霧面的光輝，緩緩流瀉；雪白的臉蛋、雀斑、還有與森林同色的綠色雙眼。她的一切都像在說她有多麼快樂，開懷笑著，在我心中激起了漣漪。

「我聽不懂，異國人嗎？」

她問道。

「啊，抱歉。」

我從口袋裡掏出螺，再次詢問。

「啊！對、對，我是藥師。」

聲音從掌心傳出去，她將眼睛瞪得好大，卻還是回答了我的問題。看到她露出微笑，可以看得出她大概與我們年紀差不多。

「比我想像得還要年輕，好驚訝。」

安莉卡這麼說。

「我叫作米娜。雖然她們都過世了，但我的媽媽、還有上一代的藥師都叫作米娜。

我們的名字是繼承制，這一帶叫作米娜森林。」
她這麼說完，踮起腳尖伸了伸懶腰，「所以，外貌雖然年輕，但其實很老喔。」
「那，妳現在是獨自生活嗎？」
瑪麗莎問道。
「嗯，一個人，但是有很多朋友。」
她笑著張開雙臂，就像在說祖先和她有心靈感應似的，「還有，別的森林也有其他藥師喔。」
「我問妳。」
威爾指著小屋後方，好像有點混亂，「妳是不是有養獨角獸？」
「獨角獸？」
米娜看向那裡，「你說的是亞孚嗎？」
「亞孚？」
「牠是鹿。天生就很白，應該是因為受傷的關係，一支角擠到中間，長得很長。」

「原來是這樣！」

我說道。亞孚像標本一樣，動也不動地注視著我們。

「牠不是我養的。牠是教導我很多事情的朋友，像是什麼草可以吃、什麼草不能吃、哪裡有樹木的果實和水果、新的湧泉、稀有的菇類、松鼠的家族、貓頭鷹的家等等。」

米娜這麼說，朝小屋另一頭喊話，「亞孚，不要怕，他們都是好人。」

白鹿亞孚彷彿在說這樣牠就放心了，消失在樹林中。

「哇啊！」

勝感動地大叫，「有陌生人出現，所以牠很擔心，遠遠地守護妳啊！」

「牠聽得懂妳說的話啊？」

瑪麗莎也驚訝地睜大雙眼。

「大家都說藥師聽得懂非人類所說的話。」

米娜這麼說，我想起了咕噗。咕噗是上次在龍島遇見的動物，總覺得牠聽得懂我們說的話。

「其實，不可能聽得懂喔。」

米娜調皮地笑了，「但是，只要用心看、用心聽，他們的形狀、顏色和叫聲，一定會傳達出什麼訊息。」

「我叫安莉卡，還有，」

安莉卡催促著我們一一自我介紹。

「你們好。難得來了，請進。」

米娜這麼說完，便邀請我們進入小屋。

房子是山上小屋的風格，牆壁由木頭和灰泥砌成，兩個三角形屋頂相連；房子雖然小巧，但結構非常堅固。室內也令人訝異。牆壁一整面的架子上，整齊排列著壺和木盒。堆疊起來的研磨缽和小鍋子也不少。房間深處有一座小型爐灶，地板上擺滿了植栽。此外，天花板上還懸掛著乾燥的花草，和一些從未見過的東西。還有一座類似日本藥櫃、有許多小抽屜的櫥櫃。

「唔哇！」

我們驚呼道。

「好可愛！」

我這麼說。

「日本人不管看到什麼都說可愛。」

威爾說道。

「不，真的很可愛。」

瑪麗莎也這麼說。這裡跟我想像的藥舖截然不同，該怎麼形容呢？

「好像香草店。」

勝這麼說。沒錯，很像賣花草茶的店。雖然不像百貨公司裡那樣，燈光將玻璃瓶照得閃閃發亮，但看起來非常時尚。

「太厲害了。」

威爾一邊環顧四周一邊說，「這些全部都是藥嗎？」

「是的。有的藥效很強，不要亂碰喔。」

米娜先是露出微笑，看到我們靠在一起站著不動的樣子，嘆了口氣。「對不起，這裡沒有空間可以接待五個客人。」

就這樣，我們再次來到庭院，有的人靠在石牆上，有的人坐在屋簷下說話。

「其實，我們有些事想請教。」

安莉卡開口了。

「是關於藥的事嗎？我就知道，畢竟旅人應該不會走到這麼裡面的森林裡。」

米娜這麼說，「有人肚子痛嗎？還是說，」

她跑到菜園角落的草旁邊。

「這是艾草。可以去除腿部疲勞，非常適合旅行攜帶。」

「謝謝妳，其實我們在找某樣東西。」

安莉卡說道，「妳知道曼德拉草嗎？」

米娜突然停下了動作，凝視著我們。

「知道啊。」

「妳果然知道！」

瑪麗莎探出上半身說道，「聽說它的根部是人的形狀，是真的嗎？」

「拔起來會尖叫，也是真的嗎？」

勝追問道。

「聽到尖叫聲，真的會死掉嗎？」

這是我問的。

「咦咦？」

米娜驚訝地眨著眼睛，「這個我第一次聽到。」

「什麼？」

「你們真的相信這些傳言嗎？」

米娜用憐憫的眼神看著我們，像是在看待來自未開發國家、非常迷信的人們一樣。

頓時，我感到很不好意思。

「這附近長不出曼德拉草，我家裡也沒有。」

米娜解釋道，「它會開漂亮的紫色花朵，根分成兩條，而且扭來扭去的，才會看起來像人類吧？它的花朵沒有莖，是直接長在地面上。看著看著就會有被它吸進去的感覺。」

她說的話彷彿讓人有種「聽非常人說話」的感覺。

「喔，米娜家裡沒有，是因為它沒辦法當作藥物嗎？」

威爾問道。

「它有止痛效果。但因為藥效太強，使用起來很難控制。藥效過強會使人麻痺、說夢話，甚至致死。所以我們很少用它。」

原來如此。看起來這次的任務可能無法完成了吧？就在我們彼此對望時，一個聲音響起。

「喂！」

庭院入口處站著一群孩子們。我們的確是小孩子，但他們比我們更小，分別是兩個男孩和兩個女孩。每人都穿著相同的可愛羊毛氈鞋子。

「你們是誰？找米娜有什麼事？」

其中一個看起來比較年長的男孩，滿臉通紅地喊道。

「阿爾。」

米娜溫柔地叫了他，「這些人是旅行者，不是可疑的人。他們只是來詢問藥物的事。」

聽到米娜的解釋，男孩聳起肩，大步穿過庭院，站在我們面前。「哼！」

阿爾說道，將下巴往前突出。他們是來自贊因村的孩子。「沒看過你們，好奇怪的衣服。」

「你來拿藥對吧？」

他們的父親受傷了，來拿塗抹的藥膏。名叫阿爾的孩子，尤其對威爾和勝上下打量。

另外三個孩子應該是他的弟妹，則是站在稍遠處張望。

「那，你們想要什麼藥？」

阿爾問道。

「他們在找某種藥草。」

米娜用安撫的口氣說道。她的年紀應該沒有大多少，卻像個大姊姊。

「哼！」

阿爾又哼了一聲，「米娜很厲害喔！這傢伙發高燒的時候，要不是有米娜，說不定早就死掉了。」

他指著妹妹這麼說。被他點名的女孩立刻躲到弟弟身後，不斷用力點頭。「早就死掉了。」

「我們真的不是可疑的人。」

勝禮貌地告訴他。

「誰知道！」

阿爾盯著會講話的螺看，極力反駁，「米娜，妳不要上當！說自己不可疑的人，都是最可疑的人！」

「我們真的不是壞人。」

安莉卡把螺拿在臉龐邊，彎下腰對阿爾這麼說。

阿爾不斷眨著眼睛，仰頭看著安莉卡，坦率地點點頭。「好像是耶……」

「太過分了！」

勝抗議道。

「我會負責監視這傢伙。米娜，妳去拿藥吧！」

阿爾瞪著勝說，「他搞不好會破壞菜園。」

「我又不是鼴鼠。」

勝氣憤地說。

「那就拜託你了，阿爾。」

米娜也不由得笑了出來，正要走去門口時。

「啊，安莉卡，妳的外套可以借我一下嗎？」

她這麼說，安莉卡答應了，把外套脫下來交給米娜，她隨即走進了小屋。

「你看！」

後來，現場變得一片寂靜，我便從後背包拿出了糧食片。「你知道這是什麼嗎？」

我就像魔術師一樣，輕輕甩動，展現給阿爾和他的弟弟妹妹看，然後慢慢撕開包裝。

它在我的手心一口氣膨脹起來，變成了可頌。

「哇啊！」

妹妹們上鉤了！「麵包？這是麵包嗎？」

「來，請用！」

我遞給她們，「非常好吃喔！（應該吧？）」

「慢著！」

阿爾出聲阻止，但她們一起分食，還說很好吃。

「我也有喔！」

瑪麗莎打開了馬卡龍！「好甜喔！」孩子們瞪大了雙眼，異口同聲說道。

「真是太好了，李奧・庫克。」

瑪麗莎感慨萬千地說。

「終於得到回報了。」

我也喃喃說道，「李奧，你看到了嗎……」

瑪麗莎和我抬頭看著天空。說得好像李奧已經死掉似的，對不起。

我很猶豫該不該在這時候，拿出我偷偷放在背包裡的新口味仙貝。他們看起來不挑食，但仙貝的挑戰門檻有點高……遲疑了一下，正當我要將手從後背包抽出來時，阿爾看到了我的手。

「那個我不要。」

「為什麼？」

這時候，米娜回來了。「久等了，阿爾、吉歐、拉娜、比娜。」

她這麼說完，把挖空木頭做成的容器交給他們，然後反覆說明如何塗抹。

「我想問一個怪問題。」

威爾說道，「費用，怎麼算？」

「費用？」

米娜問。

「錢，你們有貨幣嗎？」

威爾正在探聽這個世界是什麼樣的地方。

「嗯，當然有。但是，在這裡不常用。」

米娜說道，「村人會分給我肉和蔬菜，最重要的是有森林。那裡有美味的果實和野草，冬天能撿到柴火，還可以打獵。」

「確實沒錯。」

我回應道。

「在盧沃城裡會用錢來買賣，但以物易物也很常見喔。」

米娜這麼說，「對了。城裡有一位調藥師摩洛克先生，你們想找的東西，或許可以問問他。」

「調藥師？」

「是的，他受僱於領主，住在領主的大莊園裡，是很了不起的人物。」

「這樣啊。」

安莉卡看了腕針，我也跟著瞄了一眼。

到目前為止，已經過了三個小時多一點。還剩下不到二十八小時。

明天的這個時間，必須處理好各種事情。

「米娜。」

我試著開口問，「妳能不能跟我們一起來？」

「咦？」

米娜猶豫了一下，「去莊園嗎？」

「不行！」

阿爾突然怒吼道，「妳這傢伙真是厚臉皮！要是村人有什麼萬一，米娜不在森林裡怎麼辦？」

「嗚哇——」

我說道，「你說得對，對不起。」

「況且，我去也無濟於事。我只是一個森林裡的藥師，和摩洛克先生並不熟。」

米娜笑了，「抱歉喔。」

「不，妳幫了我們很多。謝謝。」

安莉卡環視大家，「出發吧！」

「這個。」

米娜遞上外套。安莉卡穿上後，發現胸前似乎縫了什麼。

「把那個會講話的貝殼給我。」

米娜用小針穿過安莉卡的螺中間的孔洞，勾在一個環狀的繩子上，然後固定好。

「是螺的徽章！」

螺發出了安莉卡感激的聲音，「太棒了，好漂亮啊！」

「真不錯，不用手拿就能說話了。」

我們也忍不住歡呼起來。

米娜面露微笑地點點頭。

我們在最後終於和贊因村的孩子打成一片，一起回到森林的出口，然後揮手告別。

阿爾告訴我們，下方有一條路可以繞過山丘，我們沿著山腳走了一段路，穿過森林間的羊腸小徑，最後來到一棵巨大的梣樹下。沒想到這裡距離跟路茲他們分道揚鑣的路口不遠。去程時，因為我們在路上吃了午餐，雖然不確定具體時間，但感覺走山腳的小路快了十五分鐘。

我們走走停停，一邊休息一邊前進。隨著河川逐漸接近，看到了一座寬度足以讓大馬車會車的堅固石橋。橋的另一頭就是城市，我們就這樣走過了橋。

10

盧沃的街道並沒有被城牆包圍，但石造的狹長建築物巧妙排列，形成了有稜有角的市街。

我們所走來的路，穿過這些細長建築物的間隙，直接連接到城市的大馬路。兩旁的建築物上有移動式柵欄，若發生什麼緊急狀況，應該會像門一樣封起來。街道的對面是河川的支流，從那邊應該無法進入。

由遠方看到的街景，大多是二到三層樓高，也有比其他建築物高一階的紅色或藍色三角形屋頂。這座城市比我想像的更有都會感。

當我們走到市街入口時，不由自主地叫了出來。在入口的左邊樹蔭下，有三個背著苔蘚綠後背包的孩子聚在那裡。

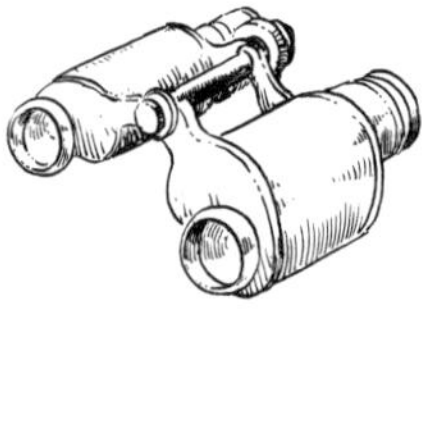

「是第三小隊。」

他們站在那裡，好像在討論著什麼。身穿全套灰色服裝、身高最高的楊．羅倫斯注意到了我們。

「安莉卡。」

雖然毫無表情，但看得出來楊很高興。他一臉嚴肅，有些生硬地朝我們揮手。其他兩人也注意到了我們，連路人都回頭看。

「是安莉卡的小隊啊。」

說這句話的人是第三小隊的小隊長，蔻拉．巴雷。

「果然～」

沃爾夫．赫定搖搖晃晃地走過來，突然開口這麼說，「你們也認為是這座城市？對吧？曼德拉草。」

「不要那麼多嘴，沃爾夫。」

蔻拉立刻制止，「他們是不同隊的。」

「哈哈，抱歉！」

沃爾夫頭往後仰笑了。眯起的眼睛變得好細，像是用牙籤劃過一樣。帶著橘色調的皮膚，頭髮像黑糖一樣充滿光澤，亂蓬蓬的。

「也是啦，任誰都會這樣想。」

蔻拉帶著嘆氣的口吻說道，「看這個情況，第四小隊也會來這裡集合吧？」

「請問。」

我東張西望地問：「沒看到小流。」

她應該是這個小隊的隊員。

「芙蘿拉也不在。」

安莉卡說。

「她們去偵察了。」

蔻拉手插腰說道。

「偵察？就兩個人？」

瑪麗莎問。

「我知道妳想說什麼。」

蔻拉聳聳肩，「我也很擔心。但是芙蘿拉堅持要去，不聽我的話。」

「喔，所以小流也跟去了啊。」

我這麼說。可以想像得到，小流擔心芙蘿拉單獨行動，大概只占兩成；其他八成是「偵察！」「我想去！」，肯定錯不了。

「楊。」

安莉卡對站著如同柳樹般纖細的楊．羅倫斯說。

「你要好好帶隊啊。」

「嗯，妳說得對，安莉卡。」

楊．羅倫斯點頭回應。他總是表情嚴肅，濃眉皺得更緊了。

「等一下，安莉卡．李文斯頓。」

蔻拉．巴雷說道，「不要多管閒事，我才是小隊長。」

「也對。」

安莉卡聳了聳肩，「我只是給你們建議，因為你們看起來進展得不太順利。」

「我們很順利。」

蔻拉低聲說。

「真是這樣就太好了～」

頭上傳來沃爾夫．赫定像在哼歌似的輕鬆說話聲。不知不覺，他已經爬上附近的樹，雙腳晃來晃去。

「沃爾夫！」

蔻拉．巴雷抬頭大喊。她留著後腦杓剃得很高的極短髮型，瀏海翹了起來。「你在幹嘛啊！」

「我在爬樹啊～」

看也知道。聽到他用像絲一般軟趴趴的聲音說話，總覺得讓人也跟著軟弱無力了起來。他披著一件卡其色的襯衫，上空的風把襯衫吹得像船帆一樣，可能總是待在陽光透過樹蔭灑下的地方，所以眼睛才會變得那麼細吧？

（看來管不動隊員並不是蔻拉的錯。）

我這麼想。奇特的孩子全都集中在第三小隊呢！

「沃爾夫，你從那裡能看見什麼？」

這句話是威爾．盧卡斯問的。

「這座城市相當大喔！雖然沒有新宿那麼大。」

不知何時，早已拿起望遠鏡哈哈大笑地回答道。

沃爾夫在上課時，也會站起來四處走動。印象中有人提醒過他，叫他不要四處遊蕩，免得分心。當時他也是笑著說，大家也可以站起來走一走。

「人類啊，總是坐著做事，才會覺得累。我是這樣想的，身體一坐下，大腦就會休息。可是，我們卻必須在工作和學習時讓大腦工作，身體狀況才會變得奇怪。站著走動，反而會讓大腦有接下來要做事了的感覺，這是真的喔～」

當時他這麼說。

我記得那是在利茲老師的課堂上，原本以為老師會責備他，但老師卻說：「原來如此，那下次我們試試一邊走一邊上課。」一臉佩服的樣子。

「有看見什麼危險的東西嗎？」

蔻拉的聲音聽起來明顯地焦躁。

「看不出來耶。不過，芙蘿拉去的那個方向，有一棟很大的房子。」

「危險是指什麼？」

威爾問道。

「芙蘿拉說她看見了危險。說要去確認看看，因為她看得比別人更清楚。」

蔻拉噘起了嘴唇。表情顯得很困擾，但恰巧相反的是，這讓她看起來非常可愛。「她說要去城中心更裡面的地方，說不定就是那棟房子。」

「順便問一下，第三小隊是怎麼到這裡來的？」

我問道。

「我們降落在那邊非常遠的草原上。」

楊．羅倫斯用拇指指了指後方，「半路上遇到的村民，覺得我們非常可疑。對方說的話雖然可以靠螺理解，但無法把我們的話傳達給對方。我請求他戴上螺，結果卻也令人困擾。因為他聽到翻譯後的聲音，腿都軟了。」

「光是打聽到附近有座城市，就花了相當多的時間。」

蔻拉說道。

「威爾，你教教他吧？」

勝催促道。

威爾點點頭，調整了一下腕針，將螺放在手掌上，讓它變成一個喇叭。

「原來可以這樣用啊！」

楊非常驚訝，看了一眼蔻拉。「真是太感謝了，不過……」

「我們是競爭對手，但不是敵人。」

勝說道。

「只是，這麼一來，對方聽到螺講話，還是會腿軟吧。」

威爾笑道，迅速翻轉手掌，握住了螺。

「你們也一起等芙蘿拉回來吧？也許會得到有用的情報。」

我們正打算進城，蔻拉攔下了我們。似乎是想答謝我們教他們怎麼利用螺。

「謝謝。不過，我們會自己去打聽。」

安莉卡嘴上這麼說，已經穿過了市街入口。我們混在三三兩兩的路人中，不斷往大馬路前進。我覺得我們相當顯眼，但沒有太多人注意到我們。

「不等沒關係嗎？」

瑪麗莎和安莉卡並排走，開口問道。

「芙蘿拉說的話很準。」

「什麼？」

瑪麗莎說道，「既然如此，為什麼不等？」

「這樣會太依賴她啊。」

安莉卡笑了，「在龍島上，我一個人爬到山頂對吧？其他隊員說海邊的洞窟看起來很可疑，芙蘿拉也說去洞窟比較好。因為她指著山頂說，那座山非常危險！」

安莉卡扛起後背包，「所以我就朝山頂前進了。危險？這代表那裡有龍！」

原來當時的單獨行動是這麼一回事。那個小隊的隊長是泰瑞爾．李。只要安莉卡堅持要一個人行動，泰瑞爾也拒絕不了。

「啊，直覺！」

我突然回憶起來大叫道，「妳當時說是妳的直覺，原來那是芙蘿拉的直覺，妳好狡猾！」

「哈哈哈！」

安莉卡非常開心地說，「抱歉抱歉，那其實是芙蘿拉的直覺。但我決定相信她，是憑我的直覺。」

「真有意思，這算是某種預知能力吧？」

威爾興致勃勃地低聲說道。

「聽說不久後會發生的事情，都會化成輕飄飄的東西讓她看見。」

我回想起在中庭的對話。

「沒錯沒錯。像是紅色的塑膠游泳池、藍色的沙灘球、還有黃色的水母。」

安莉卡嘻嘻笑。

「那是什麼意思？」

威爾問道。

「不知道。」

安莉卡又笑了。她好難得一直笑。

「不過，我好意外，原來威爾也相信這種事情。」

瑪麗莎說道。

「相信哪種事？」

「嗯——非科學的東西？」

「非常進步的科學技術，和魔法難以分辨。」

威爾說道，「據說有這樣的一句話，是有名的SF作家說的。所以，那可能很科學，只是我們不明白而已。」

「如果是這樣，就表示這座城市很危險。」

瑪麗莎說道，「折返比較科學吧？」

「預言是否準確，我們應該驗證一下。」

安莉卡說道，「這樣也很科學。」

「我就知道妳會這麼說。」

瑪麗莎笑道。

這時候，安莉卡一邊走一邊回頭說：「我們正要往可能很危險的莊園走去，大家有沒有異議？」

「沒有，隊長。」

我們回答道。很奇妙，只要是安莉卡說的，就會感到雀躍。她和史考特完全不同，但成為領導者的人，似乎都有相同的性質。

單看這座城市，還是覺得很像古老的歐洲。越接近市中心，行人變得越多，也開始感受到來自周圍的目光。房屋上有一些像是商店的招牌，包括旅館、酒館、鞋店、還有一個馬蹄鐵的標誌，可能是鐵匠吧……

「不過，沒看到類似教堂的建築。建築物看起來很樸素。」

這裡沒有高塔，也沒有裝飾性建設。除了石造建築很堅固以外，沒有威嚴的感覺。相較於我聽到「歐洲」二字所浮現的印象，這裡有點不起眼。但是並不代表這是一件壞事。

「這裡雖然是城市，但不是大都市。外地人很醒目。」

踏進這裡之前，威爾說了這些話，但外地人還真不少。今天正巧是舉辦市集的日子。馬路前方的廣場，似乎就是市集的地點。隔著人潮看過去，如同我們熟悉的市集，雖然稱不上豐富，但木製平台上擺滿了火腿、香腸、蔬菜、水果和手工打造的日用品，熱鬧非凡。

「這樣正好。趁人群混亂時，去找那座莊園吧。」

話才剛說完。

一匹馬從大馬路的另一頭奔馳而來。不同於路茲他們的馬，是一匹偏瘦的黑馬，騎在牠背上的是一位穿著長上衣的矮胖男子。他們留下馬蹄聲和揚起的灰塵，在我們眼前的路口慢慢右轉離開。後面跟著兩匹黃褐色的馬，背上分別坐著身穿著皮盔甲、看起來像士兵的男子；看到其中一匹馬，我差點要昏倒了。

「妳、妳在幹什麼？」

坐在男子背後的是……

「小流！」

我太驚訝了。

小流發現到人群中的我們，試圖向我們揮手。

我急急忙忙地，

（噓——！）

趕緊將手指放在嘴唇上。

小流轉向正面，就這樣讓她的苔蘚綠後背包在馬背上晃動，越變越小。

「她看起來不像被抓走的樣子。」

威爾沒有看我們，輕聲說道。

「嗯。」

我回應道。豈止不像被抓到，簡直像是坐在旋轉木馬上，笑瞇瞇的。遠處，原本注視著馬匹的人群，漸漸從路口四周散開。

「領主的癖好又發作了。」

我聽到有人這麼說。我們互相使了眼色。這是怎麼一回事？

還有一件事情讓我感到混亂。

駕著馬匹讓小流坐在後面的男子。不對，應該不可能吧？不會是他……

「啊！」

瑪麗莎指著人群前方說道，「是路茲先生和奧莉薇亞小姐！」

「真的耶！」

我興奮地跳了起來，用力揮手。

他們站在建築物的入口看熱鬧，目送馬匹慢慢遠離後，發現了我們，便走了過來。

「我們又碰面了。」

「我們正在跟那間酒館交涉，請他們允許我們表演。」

奧莉薇亞用拇指指著背後的建築物，「可是，他們太貪心了，竟然要求小費的七成。」

「胡戈先生呢？」

瑪麗莎問道。

「我們在城市入口分開了。」

奧莉薇亞答道，「就算沒有一起走，遲早也會再碰面吧？他好像是這附近酒館的常客。」

正當我們想打聽剛才馬匹的事情時，突然聽到一陣聲音。

「啊，找到了找到了！」

「唉呀，老闆娘。」

一個女人從酒館裡跑出來。身材嬌小，而且年輕。綁在後面的頭髮捲曲有彈性。

「抱歉抱歉，我們拿兩成就好，怎麼樣？」

「可以嗎？」

路茲問道，「當然可以，太感謝了。」

「真的很抱歉，我老公太小氣了。如果有有趣的餘興表演，客人增加了，我們也會賺得更多。這種道理他就是不明白。」

「怎麼了怎麼了，米亞。」

這時候，一個穿著皮圍裙的結實女性湊了上來。

「她是艾麗歐拉。」

酒館老闆娘米亞為我們介紹，「她是城裡手藝最好的鞋店老闆。」

這麼說來，街上看到的鞋子確實都很可愛，尤其是給小孩子穿的鞋子。羊毛氈鞋和皮鞋，一位女性不僅是工匠，還是店老闆，實在令人驚訝。

「他們是旅行藝人路茲一行人。」

「啊哈哈！說是一行人，其實只有我們兩個人啦。我叫奧莉薇亞。」

「請多指教。」

艾麗歐拉女士握手後問道：「這群孩子們不是你們的同伴嗎？」

「我現在正在訓練他們。」

路茲這麼說，同時豎起了大拇指；奧莉薇亞用手肘頂了他的側腹，他嗚呼叫了一聲，整個人往前傾。

「在港口也聽說過艾麗歐拉的鞋店。」

路茲彎著腰前傾，依舊跟著點頭。

「唉呀，我好開心啊！」

「她的羊毛氈鞋很有名。價格便宜，還可以調整大小，童鞋尤其受歡迎。」

米亞彷彿在說自己的事一樣，自豪地說道。

「贊因村的孩子們也會穿。」

安莉卡跟著說。

「啊，對啊，那一帶都是我的好客戶。」

我們你一言我一句，互動得非常熱絡，不知不覺聊了許久。這裡和我原本想像的古老歐洲有很大的不同，理由我也發現到了。因為這座城市的女性們活力充沛。

「路茲先生，請問剛才騎馬離開的人是誰？」

米亞和艾麗歐拉回到工作崗位後，我趕緊問道。差點忘了這件事。

「妳是說艾金少爺嗎？他是少領主，負責治理這一帶。他的父親是前任領主，把原本只是座小村落的盧沃，發展成規模這麼大的城市；但現在他年事已高，很少出現在大家面前。」

我們也是剛剛才聽說的，路茲笑著這麼說道。

「啊！剛才坐在後面的女孩！」

奧莉薇亞突然說道，「那個人，該不會是你們的同伴？」

「是的……」

我含糊地說道，「有人說，領主大人的癖好發作了，請問這是什麼意思……？」

「年輕領主喜歡把旅人抓起來，聽他們講各國的奇聞異事，這是他的嗜好。今天是一個月一次的大市集，外地人也會來。他們會挑選對象，然後帶進莊園去。」

「這樣會不會有危險？」

我問道，腦海裡浮現了紅色的塑膠游泳池。

「應該不至於。」

路茲一邊搔著下巴一邊說，「我們甚至討論過要自告奮勇去講故事呢，對吧？」

「嗯，順利的話，好像還能拿到獎賞喔。」

奧莉薇亞點頭附和。

「嗯——」

我低吟道。心中的不安雖然稍微平息了，但還是無法完全放心。我環視所有人，徵詢大家的意見。

安莉卡毫不猶豫地說：「那我們就去吧！路茲先生、奧莉薇亞小姐。」

「什麼？」

「去哪裡？」

「當然是去領主的莊園啊。」

安莉卡說道，「你帶我們去，說我們是剛剛那個孩子的同伴，對方應該會很高興吧？」

「嗯——」

路茲雙手抱胸，看起來很苦惱，但雙眼卻閃閃發光。

「兩位肯定也有很多有趣的旅行故事吧？」

安莉卡順口說道，「而且，一旦受到領主認可，路茲一行人的表演，一定會盛大空前。」

意外變得人數眾多的我們，就像是參加了領主莊園旅行團的遊客一樣，浩浩蕩蕩地往莊園出發。

11

莊園的大門敞開著，沒有人看守。感覺這裡的警衛比ＰＥＳ的校舍還要鬆散。

我們環視四周，正猶豫不知道能不能進去時。

「啊！」

我們同時大叫道。

「芙蘿拉！」

「你們！」

根本不用問她在做什麼，她是追著小流來的。

「唉呀，在市集的時候，一不小心，小流就騎著馬走了。」

芙蘿拉一點也不覺得抱歉，雙眼閃爍著光芒，「就像公主一樣離開了。」

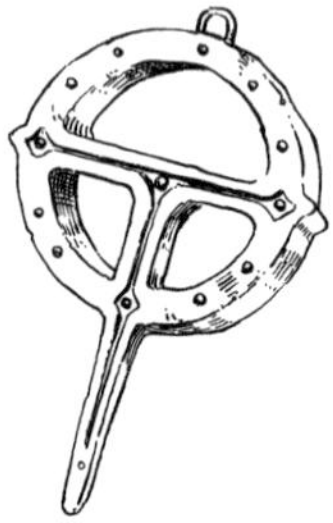

「那麼，妳是來搶回公主的嗎？」

瑪麗莎問道。

「對啊，一開始是。」

芙蘿拉點頭說，「但是，看了這間房子，感覺沒問題。」

「不危險嗎？」

安莉卡問。

「啊，安莉卡。」

芙蘿拉像是現在才注意到她似的，露出微笑，「非常危險。紅通通的。像積雨雲一樣巨大。不過，前端伸向遠方的天空，細細的，往上爬，最後消失了。」

「這是什麼意思？」

「危險是危險，但不是現在。」

芙蘿拉用低沉的聲音平靜地說道。這種時候，她看起來真的像有某種力量降臨在她身上。「所以，我要回去了。我會告訴蔻拉，第一小隊會帶流回來。我只是來偵察而已。」

她這麼說，腳步輕快地往市集方向走回去。

「她那個樣子，該不會是女巫吧？」

路茲驚訝地說，「你們真的有很多神奇的同伴耶！」

我們走進大門，一邊四處張望，同時穿過寬敞的花園。有一個老爺爺悠閒地修剪著沒開什麼花、看起來像是野薔薇的樹木。

看到房子的正面了。我們爬上短短的石階，從敞開的木門探頭看進去，則有一條通往深處的昏暗走廊，透露出一絲涼意。

「請問有人在嗎？」

奧莉薇亞的聲音溫柔但響亮。看起來好像也沒有類似接待處的地方。

「你們有什麼事？」

一個穿著士兵服裝的年輕男子，從黑暗中冒出來，看起來才十幾歲。他看到站在奧莉薇亞身後的我們五人，有些驚訝。

「麻煩你帶我們去見年輕的領主大人好嗎？」

「你們是誰？」

「我們是旅行藝人路茲和奧莉薇亞。這些人是——」

「啊，該不會？」

男子說道，「你們是那個眼睛戴著玻璃珠、手掌會說話的孩子的朋友？」

他說的是小流，他的形容就像妖怪一樣。原來她使用螺的方式跟威爾一樣。

「是的！」

威爾也用螺回答。

「艾金少爺一定會很高興，請跟我來。」

年輕士兵看起來很開心，領著我們沿著走廊前進。看來這裡的安全措施不太好呢！

我們跟著他往前走，他粗魯地打開了客廳的門。

「艾金少爺。」

客廳的天花板很高，但稱不上豪華。有一張鋪著桌巾的大桌子，裡面的椅子上坐著那位剛才騎在最前面的馬匹上、身材矮胖的男子。

「哇哈哈哈！」

年輕領主捧腹大笑著。聊天的對象就是小流！讓領主大笑的就是她。

「喔，怎麼了嗎？」

「啊！可倫，還有大家。」

小流回頭朝我們揮手，「請進、請進，雖然房子有點小，請慢坐。」

「這裡是我家耶！」

領主這麼說，又開心地大笑了。

「領主完全迷上她耶。」

瑪麗莎喃喃說道，「小流太可怕了。」

「你們也是來自同一個國家嗎？」

「是的。」

在我們回答之前，小流就先回答了，「很遠很遠的東方國家，叫作日本。」

嗯，她沒有說謊。

「仔細看看，你們的長相真的各不相同呢。」

艾金說道，「跟我們很像的，跟我們不像的，你們的國家肯定很開放。」

年輕領主瞇起眼睛望著我們，再次問道，「你們年紀這麼小，卻沒有大人陪伴，旅行的目的是什麼？」

「我們在尋找一種藥物。」

安莉卡稍微捏起胸前的螺回答，「聽說這座城市有一位著名的藥師。」

就在這時，「欸欸欸！」一陣開朗的聲音傳來，拿著托盤的女人突然闖進來。

「少領主大人，您突然對我說有七位客人來訪，家裡也沒有東西可以招待呀！要事先交代才行。」

「抱歉抱歉，索菲。」

艾金咯咯笑著說，「我也不知道會有客人啊。不過，臨時來的客人，才能考驗廚師的本事嘛！」
接著，有一位拿著更重托盤的男子走了進來。
「抱歉啊，胡戈，你剛回來就麻煩你。」
艾金向他搭話，我們驚訝地叫了一聲。
「咦？是你們！」
「怎麼？你們認識？」
「是的。」
奧莉薇亞回答道，「胡戈先生在旅途中成為我們的旅伴，讓我們安心許多。沒想到他竟然在這裡工作。」
「那真是太好了。胡戈，你也一起加入吧！把你的旅行故事說給我聽聽。」
雖然不算什麼了不起的點心，但對方端出了扁扁的烤點心和肉乾，還有像炮彈一樣的巨大陶器馬克杯。
「這是 Ale。」

威爾說道。

「Ale是什麼？」

我問。

「就是啤酒啦。」

「噫——！」

「我們不能喝酒。」

安莉卡笑著拒絕了。

「怎麼了，第一次喝嗎？」

艾金瞪大了眼睛，「為了讓小孩喝，當然稀釋過了。」

我們互相看了看，假裝舔了舔酒，露出微笑。除了不確定喝酒後會變成怎麼樣，當然也遵守了三浦老師的叮嚀，盡量避免在旅途中吃喝外地的食物。

「一口乾了吧！恩人的推薦，你們不需要客氣。」

艾金高舉起馬克杯。

「謝謝。」

我們也做做樣子，努力舉起像石頭般沉甸甸的馬克杯，「咦，你說恩人是什麼意思？」

「這還用說嗎？既然胡戈是你們的恩人，那麼他的主人也就是我，就是各位的大恩人啊！」

「你很不客氣耶！喂，艾金！」

小流拍了領主穿著長上衣的肩膀，呼哈哈哈地大笑。我心想她該不會……瞄了她手上的杯子，發現杯中的啤酒一滴也沒少。原來她平常就是這副模樣！未免太嚇人了吧！

「胡戈、索菲，你們也加入吧！」

艾金這麼說，儼然變成了一場宴會。

「領主大人。」

宴會正盡興的時候吧？我猶豫了許久，還是把手掌上的螺向著他問道。

「叫我艾金就好，畢竟我不是你們的領主。」

「那，艾金少爺，我叫作可倫。剛才在市中心，我看到了你們，騎馬載著小流的人……」

「啊，妳說約翰嗎？」

「約翰。」

我的心噗咚地跳了一下。

「約翰・索德。怎麼，你們也認識他？」

我差點手滑弄掉馬克杯，連忙用雙手接住。原本拿在手上的螺，敲到了陶器的底部，發出咯叮一聲。

（為什麼？）

我突然覺得好渴，不由得想要喝口啤酒，驚慌失措。

（為什麼他會出現在這裡？）

「喂——約翰在哪裡？」

艾金問道。

「副隊長應該去巡邏了吧？」

一旁的胡戈大概是好久沒喝到家鄉的啤酒，用醉醺醺的聲音回答道。小流則是掏出PES的高性能毛巾到處炫耀。

「副隊長？」

「對啊，我們的護衛隊副隊長。妳認識他嗎？」

正當我感到慌張，不知道該怎麼解釋時。

「呀啊！」

尖叫聲響起。定睛一看，索菲整個人往後仰，彷彿下一秒就要昏倒的樣子。

「怎麼會這樣？」

她正在試吃李奧・庫克的馬卡龍，「這世上竟然有這麼好吃的東西？日本太了不起了！」

認真說的話，馬卡龍其實是西方的食物啦。

「也給我吃吃看。」

艾金說道。

「不要亂吃奇怪的東西。」

胡戈阻止了他。

假如李奧在場，他一定會抗議那不是奇怪的食物。但那是領主大人不熟悉的食物，萬一吃壞肚子就糟了，畢竟還有過敏之類的問題。

我離開客廳去上洗手間，發現比我想像得更整潔，鬆了一口氣之餘，就從走廊要回客廳。

一名男子從昏暗的轉角，像慢動作一樣，橫著穿過來自窗戶的光線。我將那個人的名字吞了下去。但太遲了，我不由得脫口而出。

「約翰．索德？」

男子停下腳步，靜靜轉過身來。仔細一看，相同的只有黑髮和藍眼睛。他的鬍子修剪得很整齊，身上穿的也不是當時那麼破爛的衣服，而是皮盔甲。為什麼我會認為他們是同一個人呢？他們明明如此不同。

然而，男子走近走廊，點了點頭。「我就是。妳是誰？」

他不記得了？竟然有這種事？

我在口袋裡緊握著螺，試著用日語說話。

「呃——我叫可倫·松田。」

約翰·索德非常訝異地切換了語言。「妳是ＰＥＳ的學生嗎？」

與上次遇見他時一樣，他的日語有點生硬。

「我在市區，帶了一個戴眼鏡的孩子回來，我就猜到了。」

「你知道ＰＥＳ？」

「知道……大概吧？」

「大概？」

「我不太確定。」

約翰．索德說道，「記憶很模糊。」

在那座島上，他非常骯髒而且疲憊。看到他現在整潔的樣子，我真的很驚訝。他其實很年輕，雖然有點皺紋，但看起來大概二十多歲。

然而，內心浮現的是，痛徹心扉的悲傷。

無論髮型和服裝有多麼不同，都不可能認錯。

「你不是這裡的人吧？是不是從日本來的？」

到底他忘了什麼？從何時起就什麼都不記得呢？在龍島的事情還記得嗎？

「日本……」

約翰皺起眉頭，接著說出口的話讓我幾乎僵住了。「不知道。只不過，我來到這裡，已經七年左右了。」

「你想回去嗎？」

「回去？」

七年。對約翰．索德來說，這裡已經是他的故鄉了吧？他沒有記憶，在這個想必連語言都不通的地方，活了這麼久的歲月。

「……聽說你是護衛隊的副隊長」

我問道。

「喔，雖然是隊，但只有三十個人左右，平常就像是莊園的雜工。」

約翰說道，「你們是ＰＥＳ送來的吧？」

「這叫作『實習』，為了成為探險家所進行的實地訓練。你知道嗎？」

「不知道。」

約翰皺起眉，搖了搖頭，「我不知道。不對，可能是忘了？其實我也搞不清楚。」

「那麼。」

正當我要開口時，背脊一涼。回頭一看，發現一個人影無聲無息地走進了走廊盡頭的客廳大門。

「格拉澤神父。」

約翰說道。我感到胸口一陣不安，低頭向約翰鞠了個躬，然後回到客廳。

「唉呀呀，感覺是好歡樂的宴會啊。」

「啊，格拉澤神父。」

當我輕輕推開門走進去時，艾金正好從椅子站起來迎接他。

他是一個下巴留著白色鬍子的老人。不對，頭髮是黑色的，他或許還很年輕？他微笑的雙眼閃耀著淺藍色的光芒。如果眼睛是黃色的，簡直就是貓科動物了。

他穿著有帽子、顏色像落葉的長袍。脖子上掛著類似十字架，但是結合了T字和圓圈，從來沒有看過這個形狀。

「身為領主，實在不應該這樣。」

他的聲音非常低沉，像遠處的雷聲一樣，令人不由得繃緊了神經。「竟然跟來路不明的人混在一起。」

「唉呀，真抱歉。我們好像太興奮了。」

艾金搔了搔頭。

「對不起，我們不請自來。」

正當奧莉薇亞要開口解釋時，

「退下，女人。」

格拉澤神父說道。聲音不大，卻像是鐵球掉落般迴盪著。眼睛依然瞇起來，保持著微笑。

奧莉薇亞被嚇得僵在原地，後退了一步。「非常抱歉，我失禮了。」

「別這樣，格拉澤神父。他們是外國來的客人。」

在鴉雀無聲的氣氛中，艾金試圖安撫，「他們不是我的人民，沒有失禮和無禮的問題。」

「神不會這樣想。」格拉澤先是微笑，然後就像在打瞌睡似的，用異常緩慢的速度點頭，再將我們從頭到腳打量了一番。「原來如此，沒見過的打扮啊。」

接著，他轉向入口。

「還有許多神的光芒無法觸及的地方，要感受到責任重大才對。」

他這麼說。我跟著他回頭看，發現有兩個穿著相同落葉色長袍的男子，無聲無息地在那裡待命。我覺得上臂起了雞皮疙瘩。

現場氣氛變得很尷尬。索菲退到牆壁邊，胡戈也不發一語地搔著脖子。我們也跟著坐立難安，不知道該如何是好。

「對了，你們想見調藥師對吧？」

艾金輕拍手說道，「胡戈，帶他們去吧！唉呀，今天真的非常盡興！」

「真的很開心。」

我們走出大門，從後面繞過庭院時，小流這麼說。她喘著氣，彷彿完成了什麼豐功偉業。

「那，你們要去哪裡？可倫。」

路茲說他們想談在城裡的表演，我們便留下他們先離開了。

「我們要去見調藥師。」

我說道。

「喔？為什麼啊？」

「我們猜對方可能知道曼德拉草的事。」

我說完後，小流彷彿陽光照射般瞇起了眼睛，停下腳步。接著她猛地張大了雙眼，

「我忘了！為了調查這件事，我丟下芙蘿拉，潛入了那座莊園！」

「妳還是老樣子。」

瑪麗莎笑道，然後歪著嘴唇，「不過，那傢伙給人的印象真的很差勁。」

「確實很糟糕。」

勝露出哭喪的表情說道，「他是傳教士吧？」

「嗯，但是看起來不像基督教。不過，他的確是在這座城市傳教的。」

威爾說道。

「雖然我不知道他是哪個教的人，但那種人傳的教，我才不會信。」

瑪麗莎這麼說。

「不過，如果這座城市或村子，從來沒有過正經的宗教，我可能會信耶。」

威爾小聲地說，「各種事情一定都能找到合理的解釋，沒有人能夠反駁，教義沒有任何破綻。」

我想起了克拉拉老師提到的「合理性」這個詞。雖然沒有用螺翻譯，但胡戈就像是什麼都沒聽見似的，大步向前走去。自從格拉澤神父出現後，我覺得他忽然變得沉默寡言。

穿過一排結了看起來很酸的小小紅果實的樹木，我們抵達離主屋稍遠的一棟建築物。沿著走廊前進，有一間寬敞的房間，塞滿了書籍、盆栽、研磨缽等各種雜物。

「摩洛克先生。」

胡戈從敞開的門口喊道，一個光頭男子從矮櫃後面探出頭來。

「喔，胡戈啊！你什麼時候回來的？」

他站了起來。他穿著一件像是托加長袍，就是希臘哲學家會穿的那種衣服。不同於希臘人的是，他的衣服沾滿了綠色、紫色、紅色、黃色等各種花草汁液的汙漬，看起來好像很流行的設計款。

「你好。」

我們接二連三從入口探頭往內看，摩洛克先生瞪大了眼睛。

「你有這麼多孩子啊？」

「你在胡說什麼呀？」

面無表情的胡戈，臉微微扭曲，似乎在忍著笑意。

「我以為你在旅途中生了孩子。」

「我出去旅行才兩年耶。」

胡戈壓低聲音對我們說，「他是個有點古怪的人。」

「不過，說不定外國有那種孩子長得特別快的國家。」

「據我所知，沒有這樣的國家。」

「沒看到不代表沒有喔。」

「老師，你還是老樣子。」

「頭髮又少了一點就是了。」

他摸了摸禿頭，顯得有些難過。

「不，你從前就這樣了。」

胡戈說道。

「我自認精通這世上的各種藥物，唯獨找不到讓頭髮變茂密的方法。」

胡戈完全不理會摩洛克的唉聲嘆氣，看了我們，要我們接著說。

「摩洛克先生，你好。」

威爾說道，「聽說您精通各種藥物。」

「喔喔。」

摩洛克將眼睛瞪得又大又圓，額頭上有著像是國字「三」的皺紋。「這麼年輕就知道這麼多啊？」

是你自己說自己很懂啊。

「想知道什麼儘管問。你們的國家，有人生病了嗎？」

「我們來自一個東方的國家。」

勝接著說，「在那裡，會讓國家未來的主人翁組成探險隊，前往異國旅行，拓展見聞。其中一個課題就是命令我們調查敝國沒有的、名叫曼德拉草的植物。」

他說得非常流暢，我瞠目結舌。確實，總不能說這是PES的任務嘛！雖然是亂編的，但不完全是謊言，我在一旁聽著，差點就要相信了。沒想到勝竟然是擅長這方面的孩子。

「這個方針聽起來相當不錯……」

「您對曼德拉草瞭解嗎？」

安莉卡問道。

「當然知道。」

摩洛克輕拍了一下頭頂，「但是，這裡沒有。就算有，我可以拿給你們看，但不能讓你們帶回去。因為它含有劇毒。即使是微量，吞下後就會引起幻覺和麻痺，甚至致命。」

和米娜說的幾乎一樣。我們明顯露出失望的神情，不由得嘆了口氣。

「這附近有地方生長嗎？」

小流不氣餒地問道。

「可以從其他國家取得，但這一帶並沒有地方生長。」

「他們是從藥師米娜那裡聽來的，她說調藥師應該會知道些什麼。」

胡戈說道。

「米娜森林的藥師嗎？」

摩洛克看向我們。

「是的。」

我們回答道，「您認識她嗎？」

「不認識。我幫不上你們的忙，很抱歉。」

摩洛克忽然低頭看著亂七八糟的桌子，拿起一個搗碎東西用的研磨缽，「這個城市已經沒有曼德拉草了。你們問完了嗎？我還有事要忙。」

我們向他道謝，離開了建築物。

結果沒有任何收獲，我們便和胡戈分開了。快走到大門時，看到一位年輕的士兵。那是騎馬隊伍中的其中一位，他雙手抱胸，靠在庭院的樹上，藏在長長的影子裡。一頭火紅的頭髮，臉色蒼白如紙，彷彿全身的血色都被髮絲吸收了。

「方便耽誤一下嗎？我有事想問你們。」

他側目看了我們說道，說完朝著路中央走來。右臂好像沒有關節，晃來晃去的。「我叫卡斯帕，護衛隊的隊長。」

胡戈的長相也算凶惡，但這個士兵不一樣。我們停下腳步，慢慢後退。儘管他面帶微笑，但我們的心跳卻越來越快。

「喔，那是西洋劍嗎？」

卡斯帕問道。他看起來昏昏欲睡，但聲音卻像在逼問我們。「我說的是妳背後的東西。」

西洋劍指的是劍身很細的劍，安莉卡將手背在背後，握著電擊棒。他怎麼知道的？

「你們用不著害怕。」

卡斯帕來回走動，像是要阻擋我們的去路，還噘起嘴巴，不知道是不是在笑？「怕也好，不怕也好，你們都什麼也做不了。」

上一秒才看到他那隻晃來晃去的手好像抬了起來，下一秒細劍就已經抽出來了。完全沒看到。當他翻轉手腕時，劍已經收進了劍鞘中。

「你想問什麼？」

安莉卡的手依舊繞在背後說道。聲音從她的胸口的螺傳出來。大家不知不覺間後退，躲在安莉卡的身後。真不妙。

「你想做什麼？」

我試圖往前一步，但雙腳動彈不得，變成只有下巴往前伸出去。

「做什麼？」

小流想更往前進，我急忙抓住她的肩膀，把她拉回來。看來她還沉浸在剛才的宴會氣氛裡。

「你們究竟是從哪裡來的？」

卡斯帕問道。不知何時，他又把劍拔出來了，同時用劍敲打著自己的肩膀。

「很遙遠、很遙遠的東方國家。」

我接著說。

「應該有名字吧？」

「叫作日本，你可能沒聽過。」

勝用顫抖的聲音說道。只將掌心中的螺從背後伸出來，像是在路上採訪的記者一樣。

「這樣嗎？」

卡斯帕說道，仔細端詳著我們每一個人，「從來沒聽過這個國家。從長相、打扮到語言，我很確定完全陌生。」

「那又如何？」

瑪麗莎說。

「如果是陌生的國家，就沒有理由相信你們。就算你們是小孩子，也不能掉以輕心。我可以讓你們稍微吃點苦頭，看看你們有沒有說謊。」

卡斯帕這麼說，讓靴子發出聲響，閃到一邊讓出了路。他在引誘我們逃走。我向大家使了眼色，叫大家不要動。正當安莉卡放在背後的指尖，準備打開開關時……

「卡斯帕。」

房子那邊傳來叫喊聲，約翰・索德小跑步過來。

「約翰。」

「我已經跟這些孩子們談過了。他們並不可疑。他們是來自契丹那邊，名叫日本的國家的孩子，與這裡的情勢一點關係也沒有。」

「是嗎？」

卡斯帕這麼說，迅速把劍收回劍鞘，「那真是對不起。我們是領土型國家，獲得權力的領主們，有些人自稱為王，有人結盟，最近情況有點危急。雖然還沒有爆發大規模鬥爭，但我們的年輕領主心胸寬闊，跟在他身邊的人得提高警覺才行。」

「抱歉啊。」

約翰突然望向道路前方，「嗯？」

進入大門的附近，有一個人臉色蒼白地看著我們。

「米娜！」

安莉卡的聲音微微顫抖。米娜擔心我們，特地追了過來。

米娜雙手垂在大腿前握緊拳頭，眼看就要哭出來，我們則朝她衝了過去。

「是森林中的藥師嗎？」

我聽到了卡斯帕低聲這麼說，「區區的路人，人脈還真廣啊。」

12

「對不起。」

米娜似乎目擊到卡斯帕揮舞著西洋劍，眼中含著淚，微微地顫抖。

「為什麼米娜要道歉？」

安莉卡這麼說，摟住她的肩膀安撫她。

「妳沒事吧？安莉卡？」

「我很好。」

安莉卡回答。

「都怪我，叫你們去找調藥師。」

「沒事的。我們確實見了面，可惜沒有什麼收獲。」

安莉卡指著胸前的螺說：「這個真的很好用。」

大家告訴米娜目前發生的事情後，她稍微鬆了一口氣，卻開始擔心她不在時的情況。

「大家都平安無事，真是太好了。」

她重複說了好幾次，搖晃著飄逸的頭髮，快步趕回森林裡。我們滿懷感激目送她離開，用力揮手。

「呼啊啊——」

小流揮完手後，長嘆了一口氣，「她感覺就像天使一樣呢！」

在討論接下來該怎麼做時，我們決定先折返回原路。建築物的影子已經拉得很長。我們在大馬路左轉，靠近城市的出口時，傳來一聲喊叫。

「流！」

是蔻拉．巴雷。明明距離很遠，還是能感受到她的憤怒。如果是芙蘿拉，一定會看到紅色的飄浮物吧？「妳到底在搞什麼？」

「呀啊——！蔻拉，對不起！」

小流先是往前衝，又後退了幾步，「可倫、大家，再見囉！」說完後加速離開。

「那，我們接下來該怎麼辦？」

瑪麗莎問道。

「第三小隊會怎麼做呢？」

勝說道，看向小流離開的方向。

「應該會回『威化餅』吧？畢竟離市區很近。」

威爾這麼說。

我們小隊要回「威化餅」所停的海岸，即使是下坡，也需要大約一小時的路程。

「最好不要走到一半就天黑了。」

我們討論著。這時候，路茲和奧莉薇亞拉著綁在酒館或者某處的篷車出現了。

「喔喔，又見面了呢！」

「兩位有什麼打算呢？住旅館嗎？」

瑪麗莎問道。

「我們打算在篷車上睡覺，住旅館太浪費了。」

路茲指了城外，「在市區路邊露宿，會有人抱怨。」

「原來如此。」

安莉卡說，「那我們也露宿吧！」

決定好地點，正在做準備時，雖然沒有明顯的夕陽，才感覺天色逐漸變暗，忽然就像燈泡熄滅般，夜晚來臨了。

我仔細凝視，雖然看得見街上窗戶微弱的燈光，但四周真的一片漆黑。

「感覺變得很奇怪耶。」

我對瑪麗莎他們說。我用力撐開眼皮，又用力閉起來，搞不清楚眼睛到底看不看得見。我反覆這麼做，也許眼睛漸漸習慣了，星光灑落在我們身上，照耀著我們。

「天色暗得真快。再過一個月，白天就會變得比較長了。」
奧莉薇亞這麼說，用打火石點燃了柴火。
被建築物外牆圍繞起來的城市，它的外貌映照在溫暖的火光中。大家的人影往四面八方擴散，搖搖晃晃。
「我們到底為什麼會在這裡？」
瑪麗莎嘟囔道。
「嗯，我懂妳的意思。感覺這一切都像夢裡發生的事情。」
勝也看著海市蜃樓般的城市這麼說。
「你們要不要吃肉乾？」
路茲從篷車拿來一些食物。類似牛肉乾的東西，用繩子綁在一起。
「謝謝。不過，我們自己有準備食物。」
我回答道。我有剩下的三明治，還有沒開封的糧食片。問過大家後，發現每個人都各自多帶了食物。威爾有堅果和起司，安莉卡有餅乾，瑪麗莎有果乾，勝居然帶了即食粥和羊羹！

「大家都帶了不少東西呢。」

安莉卡苦笑道，「機會難得，兩位要不要嚐嚐看？」

「喔，可以嗎？」

路茲探出身子。

「怎麼可以搶孩子們的食物！」

奧莉薇亞責備他，「會害他們在旅途中餓肚子的！」

「不會的。」

我這麼說，「呃——我們有多帶。」

我不能告訴他們，明天我們就會回到原來的世界。

我們圍著火堆，彷彿變成了一場小小派對。路茲津津有味吃著起司和果乾，早知道會露宿，就應該用水壺外帶莊園的啤酒才對，我不知道後悔了多少次。

「大家打算怎麼辦呢？如果是一兩個人，可以在篷車裡跟我們擠一擠。」

奧莉薇亞問道。

「不用擔心。」

威爾說著，掏出寢繭。他把帽子的部分罩在頭上，然後像披風將自己捲起來。捲起前先甩一甩，睡袋內部類似細胞的氣泡就會膨脹，變得很蓬鬆。寢繭不但防水，而且冬暖夏涼。

「真是厲害的東西。」

路茲感嘆道，「有機會我一定要去你們的國家看看。」

「歡迎你們來。」

這一天恐怕永遠不會來臨，我一邊這麼想卻一邊如此說道。

「在那之前，我會努力賣藝。」

路茲笑著說道。

露宿地點靠近市區，夜晚有護衛隊巡邏，理論上不會有危險，但以防萬一，還是睡在靠近篷車的地方比較好。奧莉薇亞這麼說。「如果有什麼事，就大聲喊出來。」我們放著讓火堆慢慢燒，竊竊私語討論著。

「曼德拉草怎麼辦？」

威爾問道。

「把握明天上午的時間，盡量找找看吧。」

瑪麗莎回答道。

「看來是找不到自然生長的了。」

勝這麼說。

「我們去街上打聽一下吧？或許能找到知道的人，像是長老之類的。」

威爾這樣提議。

「摩洛克先生說過，可以從其他國家獲得。今天的市集上沒看到嗎？」

瑪麗莎接著說。

「每次任務的目的都很異想天開。」
我說道，雖然實習才第二次，「學校認真的程度到底有多少啊？」
「我認為他們應該有事先調查過，不可能把我們送到完全陌生的地方。如果沒有調查過，也不會想到要找龍蛋之類的任務吧？」
威爾這麼說。
「會實。」
我打算說確實，卻打了個呵欠，「抱歉。」
「老師以前也說過，真正的任務是考驗探險家精神。應該不是真的想要蛋和曼德拉草。」
瑪麗莎笑了，也打了個呵欠，「我被妳傳染了。」
「明天再說吧。」
安莉卡說道。威爾和勝兩人的眼皮幾乎要黏在一起了，用手摸索著寢繭。
「大家可以把後背包當成枕頭，有人想偷的話，就會醒來。」

安莉卡一邊用樹枝撥動火堆，一邊對身旁揉著眼睛的瑪麗莎說：「我有話想對可倫說。」

「嗯？」

瑪麗莎揮動手掌，往篷車走去，「是嗎？那，晚安。」

「讓小孩做這種事，實在很有問題。」我忽然脫口而出，「我是指PES。」

「在危險中學習，是家長都同意的。」

安莉卡在那快消失卻未熄滅的火焰反射中笑了，「或許從某種意義上來說，我們都是死了也無所謂的孩子。」

我看著安莉卡的雙眼，非常昏暗。

她是認真的嗎？我媽媽感覺有點狀況外，但外公毫無疑問地理解這所學校有多危險。

「對了，安莉卡。」

我壓低聲音說，「妳媽媽來過我家。」

「我知道，對不起。」

安莉卡說，「我本來想向妳道歉。」

「不用啦。」

「不，我有點生氣。我叫她不要做類似偵察的事。」

「小流說，她是擔心妳。」

「就算是這樣，也該適可而止。做這種品頭論足的事，太沒禮貌了。」

火堆裡有東西啪地一聲爆開了。

「安莉卡，聽說妳有大衛·李文斯頓的血統，是真的嗎？」

我問道。

「據說是這樣。」

安莉卡說，「是非常遠房的親戚就是了。」

關於探險家大衛·李文斯頓（David Livingstone），安莉卡是這麼說的。

他是在一八五〇年左右的英國人，為了傳播基督教，曾經多次到非洲內地探險。罕見的是，他反對買賣黑奴。因為當時很多人探險的主要目的，就是抓奴隸。

雖然他曾經被獅子咬傷，也生過病，但他一直努力從人口販子的手上解救黑人，因此深受非洲人的愛戴。這樣的人幾乎不可多得。

在他去世後，當地人希望把李文斯頓的遺體送回故鄉，冒著危險踏上旅程。途中有許多人喪生，但他們從未放棄——

他就是克拉拉老師說的傳教士類型吧？如果所有人都懷抱著這種「上帝之愛」，我就會毫不猶豫地尊敬他們。

「這是我從家母那裡聽過很多次的故事。」

安莉卡笑道，「最後，她一定會說，大衛是一個非常偉大的人。偉大的人通常都是男人，即使妳擁有相同的靈魂，但女人要偉大，實在難上加難。」

我回想起安莉卡的媽媽，非常能夠想像她說出這種話。

雖然史考特也有偉大的祖先，但有些地方還是不一樣。只不過，都能感覺到束縛。可能跟她是女孩子有很大的關係吧？

「我想家母一定有屬於自己的戰鬥。女性的身分一定讓她經歷過許多辛勞，包括離婚後獨自撫養我。」

安莉卡聳了聳肩，「我想拯救我的母親。」

我靜靜地看著微弱的火焰。

安莉卡只要做自己就好吧？男人、女人、母親，這些都無關緊要吧？我是這樣想的，卻什麼也說不出口。

「她會說妳要以身為女性自豪，不可以認輸。但其實，我有時候會覺得，她是不是恨我是她的女兒、恨我是個女人。」

和安莉卡說話時，我會忘了她其實和我同年。

「在我看來不是這樣的。安莉卡，妳真的很了不起，很帥。」

「謝謝。」

安莉卡露出了笑容。

「我如果輸了，那就是家母也輸了、女人輸了。為了做自己，我必須努力。」

沒有風，但火焰卻在一瞬間明亮地燃燒，或許是因為我不由得吐露的嘆息，吹動了火焰吧。

我們入睡了，而我在黎明前就醒了。我揉了揉睡眼惺忪的雙眼，看見一條隱藏在草叢中的繩子晃動著。像是要圍繞住隨地入睡的我們，無聲無息地，繞在四周的樹木上。

我順著繩子看過去，末端就綁在安莉卡從白色寢繭中伸出來的手腕上。

如果有可疑的人靠近，就會觸動繩子，讓她在第一時間醒來。

我在寒冷的黎明亮光中，不發出任何聲響，難過地泛起淚光。

然而，前一晚。

在我們不知情的情況下，事件發生了。

13

一大早，城市入口就有疑似護衛隊的士兵進進出出。

「怎麼回事啊？」

我們用奧莉薇亞汲來的乾淨湧泉燒熱水，吃了簡單的早餐。

「你們今天打算怎麼辦？」

路茲問道，「昨天，我們得到領主大人的允許，白天會去酒館和餐館到處看看。」

「我們打算再去找找看曼德拉草。」

威爾答道，「雖然不抱什麼希望，但我想應該有販賣野草、果實等食材的商店。」

「打聽完後，會繼續踏上旅程。」

安莉卡這麼說，「真的非常謝謝兩位的照顧。」

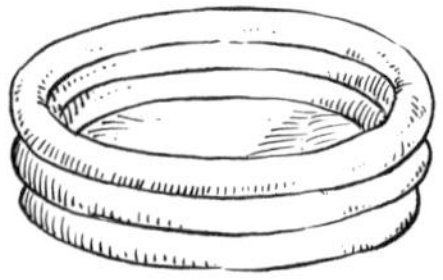

「這樣啊。」

路茲說道，「邀請你們一起成為旅行的賣藝人，這件事，有一半是真心的。先不管要不要教你們技藝，有旅伴總是比較安心。比起只有一群小孩子，就算只多了我們兩個大人，也安全多了。」

「嗚——」

奧利薇亞突然哭了起來，「真的，千萬要小心啊！」

看到她眼中逐漸湧現淚水，我們的心情也跟著難受了起來。雖然只有一起度過一天，這感覺真是不可思議。古老時代的人都是這樣的吧？大多時候，和某個邂逅的人分開後，這一生可能再也不會見面了。

「你們也要小心喔！」我們異口同聲說道，然後就此分道揚鑣。

煮飯的炊煙升起，充滿早晨的活力，但不知道為什麼，看得出來人們都在竊竊私語。也有些人看著我們偷偷說著悄悄話，感覺實在不怎麼舒服。

「請問，哪裡有食材店？」
瑪麗莎問道。
「我剛才問過，好像在城市北部的邊界。面對領主的莊園往右轉，穿過市場方向往前走。」
勝心神不寧地說，「不知道為什麼，總覺得速戰速決比較好。」
就在接近看到領主騎馬的路口時，一名士兵從對面走過來。是胡戈。
「啊！」
我們同時注意到對方，互相叫出來。
「你們跑去哪裡了？」
「我們在城外露宿。」
勝答道。
「如果沒什麼事，最好趕快離開這裡。」
他急促地說。

「發生了什麼事？」

我問道。

「昨晚，有人在艾金少爺的晚餐裡下毒。」

「什麼？」

我大叫道，「吃下去了嗎？」

該不會這就是芙蘿拉所提到的，那個「紅色塑膠游泳池等級的危險」吧？

「沒有，千鈞一髮。」

胡戈說道，「和他一起共進晚餐的摩洛克先生注意到了，他聞到菜餚有奇怪的味道。真是太厲害了。」

「到底是誰會做出這種事？」

威爾嘟囔道。

「卡斯帕隊長親眼看到了。」

胡戈點了點頭，「聽說昨天下午，那個人好像在莊園四周徘徊。下毒手的是藥師米娜。」

我的眼前一片黑，隨即又變成一片紅。

「胡戈！笨蛋！你怎麼可以說這種話？」

我不斷大吼大叫，身體也順勢地不停跳躍。「你穿著那麼體面的盔甲，腦筋怎麼那麼笨呢？你是笨蛋穿著盔甲嗎？還是用盔甲保護你的笨？到底是怎樣？笨蛋！」

「可倫！」

瑪麗莎拉住我的手臂，「妳先冷靜！妳現在失去理智了！」

「米娜怎麼可能做那種事！為什麼你不明白？」

「可是，我不認識那個叫米娜的。」

「既然不認識，為什麼咬定是她？」

勝勉強擠出聲音，平靜地問道。他的聲音頓時澆熄了我的怒火。

「因為那是一般人無法取得的，相當特殊的毒。」

我的臉色頓時蒼白，「該不會是？」

胡戈努力保持冷靜，但清楚地說道：「是曼德拉草。而且，格拉澤神父說，這是『女巫』搞的鬼。」

「請等一下。」

威爾說道，「如果是這樣，可疑的應該是我們吧？」

「對啊，因為我們到處說我們在找曼德拉草。」

勝也跟著說。

「我也想說這件事。」

胡戈皺起眉頭，淺色眉毛收進頭盔突出的帽沿後消失了，「在情況變得更複雜之前，你們最好趕快逃走，立刻離開這座城市。」

他說他交代完畢了，轉身離去。我對著他的背影大聲呼喊。

「等一下，米娜會怎樣？」

胡戈揮揮手，彷彿在說他不知道，快步朝莊園走去。他的身影很快就變得越來越小。

「都是我的錯。」

我雙手抱住膝蓋，顫抖不止，「都怪我叫她來這裡。」

明明說過討厭當一個危害當地的探險家，卻只是空口說白話。就像這樣，已經連累了無辜的孩子……

「胡戈說得對。」

安莉卡平靜地宣布，「我們離開吧！」

「什麼？」

瑪麗莎說道，「可是，那，米娜呢……？」

「胡戈急著離開，可能是因為受到了徵召。應該是要出動護衛隊去抓米娜。」

「安莉卡……」

「我們立刻出發吧！」

安莉卡先是對抱著一絲希望的瑪麗莎微笑，然後看了我們，「我們要前往森林，搶在護衛隊前先發制人。」

不敢置信地，顫抖頓時停止了。
我明白到，無論何時，安莉卡就是安莉卡。
當我們走出城市時，發生了一件出乎意料的事。
「嗨！」
沃爾夫·赫定站在那裡。
「怎麼了？第三小隊也來了嗎？」
威爾問道。
「喔，我太早醒來了，所以到處晃晃。你們在這裡過夜嗎？感覺很好玩～」
「你一個人？」
「我留了紙條才來的。」
沃爾夫一邊說，一邊看著天空的雲彩、樹枝和各種地方。「雖然不確定他們會不會發現。」

「你啊，記得在時間內回去會合喔。」

瑪麗莎擔心地說，「別迷路了。」

「咦？你們要去哪裡？」

沃爾夫像是第一次注意到我們似的，訝異地看著。

「去找森林裡的藥師。」

我心神不寧地說，現在沒空跟他閒聊。

「是喔？」

搞不清楚沃爾夫是否理解，他用力點頭，「那我也跟你們一起去吧～」

「不行！」

瑪麗莎不由得苦笑道，「昨天是流，今天換你失蹤，蔻拉一定會發飆，她會氣瘋的。」

我們走過昨天的橋，往反方向前進，加快腳步。

「話說回來，」

我一邊走向路口，一邊碎碎念。分不清是氣喘吁吁還是口氣粗魯，非常忙碌。「為什麼他們會認為米娜是犯人啊？」

「我調查過了。」

勝斷斷續續地說，「在克拉拉老師的課程之後。」

我們稍微放慢了腳步，聽勝說話。

該怎麼形容呢？那是很灰暗、很漫長、會讓人心碎的一段話。

「我想大家應該知道女巫狩獵（獵巫），主要發生在歐洲，有好幾萬人遭到殺害。受害者雖然有男性，但大多數是女性。

一旦有人指控某人是女巫，然後密告，那個人就會遭到可怕的拷問，逼迫他們承認，多數人最後會被處以火刑等死刑。

據說死者當中有相當多無辜的人，他們遭人陷害，是因為密告者想侵占他們的土地和財產。

最初雖然是教會起頭的，但國家也視而不見，甚至順勢推了一把。因為方便藉此拓展勢力、控制人民。」

勝一邊喘氣一邊解釋。我們看到了椤樹。

「休息一下吧。」

安莉卡說道，我們便在樹蔭下聽勝繼續說。

不只如此，女巫狩獵還導致女性地位低落——

勝這麼說。

「具體來說就是，當國家成長時，不僅會奪取某人的土地，還會無法自由使用不屬於任何人的森林、空地和湖泊等等。在這些地方採集食物、柴火、藥草和染料，甚至放牧，這些都是非常重要的財產。

於是，沒有自己田地的男性們開始進城，成為能夠僱用別人或解僱別人的『勞動者』。成為勞動力的男性越來越多，對那些有權有勢的人來說再方便也不過了，可以讓他們變得更富有。」

「該不會。」

瑪麗莎說道，「要女性當後援嗎？」

「嗯，換句話說，」

勝一臉痛苦地繼續說。

「生育、撫養孩子、增加人口，以支持勞動力為優先，除此之外的自由都是多餘的，最後漸漸變成這麼做是『正確行為』的社會。

因此，不認同這種行為，想在森林自由生活，自己選擇生活方式的女性，就被視為惡人、是錯誤的存在——」

「原來是這樣。」

安莉卡輕聲說道，「然後——」

「沒錯，這些人就被指控為是『女巫』。」

勝說完了。「當然，這只是其中一種解釋，是我們所瞭解到的歐洲故事罷了。」

這些都是我第一次聽到的事情。我想起了鞋匠艾麗歐拉、酒館老闆娘米亞，還有奧莉薇亞的笑容。

我不確定自己到底理解了多少，但我也無法否定勝所說的話。那些「獵巫」行為，實在讓我不得不承認，與我們活著的現在有某種關聯啊……

而且，我也意識到如同卡斯帕所說，在這個地方，國家正在形成與發展，是再理想不過的狀態了！宗教和統治者，攜手一起合作——

「在這片土地上，米娜將會被當作『第一位女巫』。」

我的聲音有些顫抖，「是這樣嗎？」

「我是這麼想的。」

勝說道，「首先，他們正企圖占領那片森林，然後把米娜塑造成女巫。」

「那個混帳！」

我咬緊牙，從牙縫中發出低吼聲。錯不了，負責策畫的人，肯定就是那個叫格拉澤的傢伙！

「也就是說，食物裡並沒有曼德拉草。」

威爾說道，「作證的調藥師摩洛克，也是一夥的。」

我憤怒地在地面上拚命跺腳。人在懊惱的時候，真的會氣到跺腳，連我自己都好訝異。「那群臭傢伙！」

「勝，謝謝你。所有的一切都串得起來了。」

安莉卡說道，然後忽然站起來，「從現在開始，我們分開行動吧！我們先走，你們再跟上來。」

「呃？」

勝也慌張地站了起來，「為什麼？我們沒問題，跟得上妳的腳步。」

「瑪麗莎和勝一起行動。如果情況變得很棘手，妳就帶著勝先回『威化餅』，辦得到吧？」

「安莉卡！」

勝說道，「等一下，我不是你們的累贅吧？」

我咬住嘴唇，把到嘴邊的話吞了下去。因為我知道勝是一個可以獨自練跑練到倒下的人。

「我也是同一隊的啊！」

勝大叫道。

「歷史上從來沒有一支探險隊，是所有隊員都完美無瑕的。」

安莉卡凝視著勝的眼睛說道，「但是，這又怎樣呢？每個人都有擅長和不擅長的事，所以我們才是同一隊啊！」

14

路旁有一棵特別巨大的樗樹，樹的對面被樹林包圍著。乍看之下沒有路可走，但在稀疏的樹木間，有一些看起來更稀疏的地方，站在那裡的正面，會像錯視畫一樣，呈現出一條小徑。

這是贊因村的阿爾告訴我們的捷徑。穿過樹林，越過滿是岩石的小溪，然後來到平原，右邊遠處可以看見村莊，就這樣朝米娜森林前進。

這片森林比我們昨天來時更加寂靜，是因為雖然是上午，但天空有些昏暗的關係嗎？射入的光線微弱，草木看起來也有點無精打采。

我們三人看到了小屋，加快腳步。

敲了敲門。

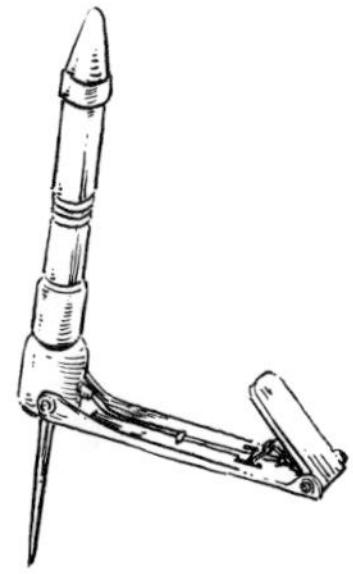

「米娜！」

稍微等了一會兒，安莉卡打開了門。「她不在家。」

「也許去採藥草了。」

威爾環視著周圍的田地，一邊說道，「我們去找她吧！」

當我們走出庭院時，道路的對面傳來了說話聲。

安莉卡豎起手指抵在嘴唇上，彎下腰，朝旁邊的樹叢走去。我們也盡可能不發出一絲聲響，跟著她走。我們在遠處的草叢中蹲下來，三名穿著皮盔甲、戴著鐵頭盔的士兵，從我們身旁走過。

「應該是先發部隊吧？」

威爾小聲說道。

兩人像守衛一樣站在米娜的小屋門前，另一人進入屋裡。過了一會兒，他走出來搖搖頭，跟另外兩人說了一些話之後，換這兩個人進小屋。剩下的一人則原路折返。

「他們在做什麼？」

威爾納悶地問。

「米娜上次說過，森林深處有湧泉對吧？」

我說道，「米娜也許在那邊吧？」

「是直覺嗎？」

安莉卡閉著一隻眼睛問我，「我們去看看吧！」

「應該是那邊吧？」

走了一段路後，我指著某個方向。從方向上來看，應該是米娜小屋的西北方。

「你怎麼知道？」

威爾問我。

「嗯——」

我有點為難。

即使聽不到水聲，我也能知道那裡就有水源，真的很不可思議。泉水本身雖然沒有聲音，但是風聲、樹葉的搖動聲，都會輕微地改變。

果然找到了湧泉。

圍繞在四周的森林樹木都避開湧泉，只有這個地方彷彿受到祝福似地有陽光照射，美得令人驚嘆；就算有精靈在此沐浴，也不會感到奇怪了。雖然是森林中的湧泉，卻相當於ＰＥＳ游泳池的縮小版，不但寬敞而且水量豐沛。不知道是水草的顏色，還是倒映森林的青翠，或是水本身的顏色，泉水清澈而且閃耀著綠光。

「這裡感覺就像天堂一樣。」

我被自己說出來的話嚇了一跳。明明沒有去過天堂，為什麼會覺得這裡像天堂？實在很不負責任啊！

我們聽見了孩子的說話聲。

朝聲音傳來的方向看去，果然看到了人影。

「妳的直覺真準。」

安莉卡說道。

米娜就在那裡，手上還拿著籃子。

「啊！安莉卡、可倫、威爾！」

我們彼此繞過泉水，互相走近。蹲在草叢裡的阿爾探出頭來。

「怎麼？你們又來了？」

阿爾雖然一邊說一邊苦笑，看起來比上次更歡迎我們。直到我拿出螺說話為止。

「妳快逃，米娜。」

「什麼？」

她的臉僵住了，「逃跑？」

「你們！」

阿爾也插話，表情變得憂愁，「……發生了什麼事？」

「沒時間詳細解釋。總之，你們要先躲起來。」

我心神不寧地說道。

「今天，我必須幫村裡的人製作藥物。要處理燒燙傷和外傷，還得採集這個季節才能採到的，對胃腸有益的葉子。」

「求求妳！」

我越說越激動，「只有現在躲起來也好！有人要陷害妳，把罪行誣賴給妳啊！」

「噓！」

威爾打斷了我。有說話聲，還有拉馬匹的聲音，從湧泉對岸的道路傳來。

「快趴下！」

安莉卡說道。我們把身體壓得更低，盡量後退遠離聲音，完全藏身在草叢中。「威爾、可倫，準備好你們的電擊棒。」

馬匹現身了。騎在馬上的是格拉澤和艾金。他們慢慢環視四周，逐漸靠近。還有六名護衛隊的士兵，和兩位戴著長袍帽子的傳教士，總共十人。

士兵中有胡戈，還有隊長卡斯帕。

湧泉對岸有潺潺小溪。格拉澤一行人就停在小溪前方。

被發現了嗎？

還是他們在故弄玄虛？

格拉澤神父開始理直氣壯地說著：

「我聽到了一個奇怪的風聲。據說這片森林中，有一個能聽到非人類聲音的女人——」

他的聲音雖然沙啞，但偶爾會發出像陶瓷碰撞般清脆的聲音。大概是傳教時鍛鍊出來的吧？明明在森林裡，聲音卻非常響亮。「我不清楚那個女人在這裡，自稱為什麼名字。但是，大家聽好，我們稱這種人為『女巫』。」

（噫——這場戲演得好做作，真讓人火大！）

我焦急萬分，但必須忍耐，免得中了對方的計謀。

「對岸也有人繞過來了。」

威爾低聲說道。我們左邊的樹林中，出現了人影。「一個人，兩個人……應該是剛才留在小屋的那些人。」

這麼一來，士兵就有八人了。加起來總共十二人。

「這是怎麼回事啊？」

阿爾小聲低吼道，「我去找艾金少爺解釋清楚，他不是壞人。」

「我知道。」

我抓住阿爾的手臂，「可是，現在我們要忍住。」

「這下不妙了，有三個是弓箭手。」

安莉卡低聲說道。

「竟然派這麼多大人來對付米娜一個人，不覺得可恥嗎？」

我這麼說。聽說護衛隊有三十人，召集了將近三分之一的人手，聲勢浩大。

「他們是故意小題大作吧。」

安莉卡一邊放下背包，一邊對阿爾說悄悄話：「……我可以拜託你一件事嗎？你要保護好米娜。」

然後，他們悄悄地後退到草叢深處，彷彿原本就在那裡一樣，離開了草叢。

「艾金少爺！發生了什麼事？」

阿爾大聲說道，演技自然又優秀，「我在帶領這些旅人穿過森林。」

「昨天非常感謝你。」

安莉卡透過胸前的螺說道。

「喔，是贊因村的阿爾啊。」

艾金的聲音很僵硬，冷淡地從馬背上下來，「還有旅行中的孩子，妳叫安莉卡對吧？我們正在找藥師米娜。」

「她應該在小屋裡吧？」

阿爾問道。

「沒有，她好像不在。」

「喔，那她可能去山上了。」

「喔喔，或許去採毒草了吧？」

插嘴的人是格拉澤神父。

「什麼毒？那是藥啊！」

阿爾堅持道。

「我們是來抓『女巫米娜』的。」

格拉澤神父像在宣告似地說著，「她用曼德拉草的劇毒，企圖殺害領主大人。」

「米娜才不會做那種事！」

阿爾忍不住大叫道，「你們說的女巫是什麼怪東西！」

就在這時，艾金他們身後的小路上，人影一個接一個出現。

五個人、六個人、還有更多的人。一開始我很緊張，以為是援軍，但他們好像是贊因村的村民，戰戰兢兢地聚集在一起。由於護衛隊進入森林，他們很顯然是來打探情況的，形成了一道人牆。

「艾金少爺，您可能誤會了。」

安莉卡挺起別著螺的胸膛，無視格拉澤，讓村民也能聽到她說的話，「像她那麼善良的孩子，怎麼可能是女巫。」
「喔，好可疑啊。」
格拉澤笑著說，「你們該不會也是『女・巫』吧？」
他的講話方式真的讓人好煩躁。
「所謂的女巫，就是使用魔法的人。比方說，」
安莉卡把某個東西放在地面上，踩下小小的踏板。
啪咻！
一顆小型信號彈升空。在樹木圍起的湧泉上空，帶著煙霧往上衝。
人們發出驚嘆聲。
「其實，魔法這種東西是不存在的。」
安莉卡靜靜地說，「無論看起來多麼神奇，這都是我們國家的『科學』。還要看看別的嗎？」

「好，趁現在，」

我在草叢中對米娜低聲說。

「趁安莉卡吸引他們的注意力時，快點逃吧！」

這句話是威爾說的。護衛隊和村民都全神貫注地看著。安莉卡真的很厲害，如果加入路茲他們，肯定能大撈一筆。

「啊，艾金少爺！」

格拉澤用更大的聲音說，大到足以讓受到信號彈驚嚇的馬匹更加害怕，「現在，我突然像雷鳴一樣閃過了新的想法。我們應該徹底調查昨天來過領主莊園的那群人，他們在找猛毒曼德拉草不是嗎？」

「他們只是來自異國的孩子們啊。」

「何謂異國——」

格拉澤仰望天空，「就是神的力量無法到達之地。」

接著，格拉澤不僅對著安莉卡和艾金，甚至是也想說給躲在一旁的我們、還有贊因村的村民聽，他拉開嗓門：「不吉利又可憐的女巫們，已經出現在許多城市和村莊。但是，大家們，不需要害怕。只要我們傳達神的教誨，他們就會坦白罪行，流下眼淚並且悔改。」

「格拉澤神父。」

卡斯帕大聲說道，「你的意思是他們也是女巫嗎？」

「誰知道呢？」

格拉澤似乎在鬍子下露出了狡猾的笑容，做作地抬頭看向信號彈上升的天空。「真相必須由當事人親口說出來才行。」

隨便懷疑別人是不對的，我在草叢中這麼想。但是啊，格拉澤，你在進行調查時，為了讓對方吐露出所謂的「真相」，做了多少下流的事情，我多多少少都猜得到。

「已經不要緊了。」

雖然聲音不太，但米娜斬釘截鐵地說道，「我去向他們好好解釋。」

「不可以！」

我低聲但堅定地說道。只是我握住米娜的手，看她的雙眼也能明白，她打算自己主動被捕，以免我們受到威脅。

「啊！」

米娜突然甩開我的手，衝了出去，「少領主大人，這一切都是誤會。」

安莉卡轉過身來，「米娜！」

「天吶天吶，是藥師少女啊！」

格拉澤在馬背上張開雙臂，白色鬍子如波浪般在嘴邊晃動，「終於見到妳了。」

「阿爾！」

一名似乎剛趕到現場的男子，突然撥開人群呼喊道。

「爸爸！」

阿爾瞪大了眼睛。

「過來這邊！」

「你快過去，阿爾。」

安莉卡說道，「謝謝你，接下來就交給我吧！」

「可是米娜她！」

「你放心。」

安莉卡推了推阿爾的背，他雖然猶豫不決，還是向父親那裡走去。

「艾金少爺。真的有女巫那種事情嗎？」

某位村民說道，「我們從上一代，甚至從上上代就一直仰賴米娜的照顧，村裡的人幾乎都是如此。我奶奶在山上摔倒後臥床不起，多虧了米娜才能回去工作。」

「我腰部的麻痺減輕了。」

「她治好了我被柴刀砍傷的手臂。」

「我的食物中毒好了。」

村民紛紛說道。

「是啊、是啊，我就知道、我就知道。」

格拉澤神父用非常溫柔的討好聲音說道，「無知真的很可憐。對你們的家人和小孩子下詛咒，造成傷害或疾病，然後假裝治癒你們。這是女巫慣用的手法。」

「才不是這樣！」

米娜臉色慘白，呆若木雞，「我才不會做那麼殘忍的事！」

贊因村的村民們開始交頭接耳。

「你這混帳！」

阿爾大聲吼道，「誰相信這種鬼話啊！米娜才不會做那種事！如果沒有米娜，我妹妹早就……」

他只說到這裡，就被父親推倒了，頭部還被用力壓進泥濘裡。「你才是傻瓜！閉嘴！」

格拉澤神父側目瞄了一眼，花了許久時間慢慢點頭。「大家都看到了吧？被女巫下咒就是這副模樣。拉攏小孩子、讓他相信虛假，就是這、麼、簡、單。」

「啊，可倫！」

威爾的聲音響起，但我已經把背包丟進草叢，衝了出去。

「喂！艾金，我看錯你了！」

我一邊叫喊一邊緩步前進，「你們這些大人，一群人對付一個女孩，到底在怕她什麼？」

「她雖然是小孩，但也是女人啊！」

格拉澤說道，「女人是不淨的。」

我的下巴差點掉下來，說不出話來。

「女人是用來生產、繁殖的東西，類似於野獸。我想村民都知道，暴風雨、烈陽、水患，所謂的大自然，一旦肆虐起來就束手無策，讓一切陷入如同遠古時代的蠻荒。精心耕作的田地、果園，甚至是家庭和生命，都可以輕易地被奪走。這種力量是如此難以控制。」

格拉澤一邊慢慢地撫摸著鬍子，一邊說道，「女人啊，就是違背神的邪惡之物的宿主。」

頓時鴉雀無聲。

安莉卡不發一語，也沒有採取任何行動。胸前的螺也噤聲了，只是靜靜地站著。雖然只是站著，不對，正是因為她靜靜站著，更能感受到她強烈的憤怒。

「在女人當中，尤、其、是、女巫，最熟知大自然的野蠻之物。」

格拉澤從馬背上俯視著米娜，然後環顧四周，將雙臂高舉向天。「神，在天上。你們所敬仰的，不應該是什麼森林的精靈。真正的上帝，是創造這一切的唯一的神。」

我簡直要喘不過氣來。雖然讓人很火大，但這充滿魄力，渾厚的聲音，加上刺激感情的抑揚頓挫，充滿奇妙的說服力，現在村民都聽得非常投入。想必他就是像這樣，虜獲各地方的人心吧？而且，連艾金也……

不能繼續讓這傢伙再說下去——

「胡戈，過來！」

格拉澤叫道，「夠了，把女巫帶走！」

「啊，胡戈！你這個叛徒！」

我猛地拿出螺，大聲喊道。

「什麼叛徒？」

胡戈顯得很厭煩地回答，走近米娜。「我本來就是屬於這邊的人。」

左邊的樹林中，響起了樹葉的沙沙聲。

「亞乎！」

米娜說道。那隻美麗的白鹿，非常擔憂地用圓溜溜的眼睛凝視著。

「你們看，是獨角獸！」

格拉澤相當驚訝，瞇起了眼睛，「天吶，證據竟然如此齊全。艾金少爺，那就是女巫的使者啊！」

艾金感到很困惑，「不是的，在這裡是神的使者。」

「什麼？」

格拉澤怒吼道，慢慢用手捂住耳朵「你剛才說神？是什麼神？」

「不是的。」

艾金打了個寒顫，閉上了嘴。

「喔，對了，用箭射吧！如果真的是神的使者，就不會受到任何傷害。」

格拉澤笑道，認為自己提出了一個好主意。

艾金眼神空洞，像傀儡一樣舉起了手。「弓箭手，射吧！」

「傻瓜領主！」

我大吼道，「你這個笨蛋！混帳領主！」

「亞孚！」

米娜大喊，「快逃！」

箭射了出去，亞孚蜷縮到樹木後方。

但是，牠沒有逃。牠很擔心米娜。

「啊，活抓也可以！」

格拉澤發號施令，看起來開心得不得了。三名弓箭手像是彈出去似的，衝進森林裡。安莉卡也打算跟著過去。

「哇哈哈哈！如果是神的使者，就創造一個奇蹟給我看看吧！」

就在這時候。

森林下方的綠草忽然動了起來。模模糊糊的，搖搖晃晃的，空間好像扭曲了。雖然只有一點點，但確實動了。

我是這樣想的。亞孚可能真的是神獸，擁有不可思議的奇妙力量。

「嗚哇哇！」

三名弓箭手同時跌倒。

啪咻！啪咻咻咻！

下個瞬間，隨著一個奇妙的聲音，弓箭手就直接靜止不動了。

無論是剩下的護衛隊還是我們，全都目瞪口呆。

「不，我果然沒有看錯。」

格拉澤低吼道，「是可疑的黑魔法！這不是奇蹟啊！」

（是迷彩毛巾！）

我發現了，是ＰＥＳ特製的便利商品。原本是兼具保暖和吸溼的厲害毛巾，捲在身上就能融入綠意中。

然後，從兩側拉起繩子，絆住衝進森林的弓箭手的腳。

（致命一擊是電擊棒。）

很狡猾，但擁有絕大的威力。能想出這個主意的人，我知道有一個。（是小流！）

「喂！等一下，那是怎麼回事？真的假的？」

大聲喊叫的是卡斯帕，「使者？誰過去看看！」

他回頭命令剩下的三個士兵。

然而，

啪嘰嘰嘰！

其中一個接下命令的士兵，翻了白眼筆直站著，然後就像被砍下的樹，臉朝下倒了下去。一股燒焦的氣味隨風飄出，其餘兩個士兵跳了開來。

「怎麼會這樣？不是說這個只會嚇唬一下，不會昏厥啊！」

傳來一個異常的叫聲。一個女孩從人群中冒出來。

「是芙蘿拉！」

我不由得叫出聲，「為什麼？」

「好導電啊！都怪他穿了鎖鍊的衣服！」

她這麼說，然後環顧四周，「啊，大家都穿一樣的。脖子和袖子下面都露出來了，這樣不行。」

因為說的是日語，她知道只有我們聽得懂才這麼說，「太危險了。各位，千萬不要『瞄準那些地方』啊！」

「芙蘿拉……」

我喃喃說道，「妳真的好壞呀！」

「芙蘿拉不壞。」

安莉卡忍笑說道，「是很糟糕。」

接著，她從後面的口袋裡抽出電擊棒，「上吧！」

電擊雖然嚇人，但滔滔不絕說著神祕語言，似乎比女巫還可怕。剩下的兩個士兵癱坐在地上，試圖逃跑。我和安莉卡一起拿起電擊棒，擋住他們的去路。

啪嘰！啪嘰嘰！

村民們發出慘叫聲。

被我擋下的士兵們，同時扭著身體倒下了。楊．羅倫斯和沃爾夫．赫定偷偷混在村民裡！第三小隊來了。

轉眼間，只剩下馬背上的兩個人，還有卡斯帕和胡戈。

「大家怎麼都來了？」

我大喊道。

「在那之後，我們看到很多士兵走過橋，有種不對勁的預感，我們小隊就追了過來～」。

沃爾夫腳步輕快地走過來說道。

「我們在路上遇到了勝和瑪麗莎，聽說了大概的情況。」

楊低聲說道。

「士兵們騎著馬，只能繞山丘過來。所以我們就走了棈樹下的捷徑，心想應該趕得上。安莉卡也是走那邊過去的吧？」

沃爾夫這麼說，笑咪咪地仰頭看天空。

「你怎麼知道？」

我非常訝異。

「我從樹上看到的。」

沃爾夫舉起了掛在脖子上的望遠鏡，「地形我都記住了。來到陌生的土地，首先要做的就是爬到最高處。這是常識～」

這時候，一名去追趕亞孚、在森林被擊倒的弓箭手，左右搖著頭又站了起來。

隨著一聲微弱的「對不起」，又是一陣電擊。有兩個人避開倒下的士兵，脫掉迷彩毛巾現身了。

「勝！瑪麗莎！」

安莉卡大叫道。我大吃一驚，原來不是小流啊！

安莉卡和我。

加上第三小隊的援軍，芙蘿拉、沃爾夫和楊。

瑪麗莎和勝趕來了，威爾也跑了過來。

就這樣，拿著電擊棒的我們，背對著湧泉將米娜團團圍住。

「可惡！到底是怎麼回事？」

卡斯帕怒吼道，「他們會用奇怪的法術！小心點，胡戈！」

他東張西望。

「胡戈？」

他找不到胡戈。「那傢伙竟然丟下我這個隊長溜了！」

「把他們抓起來！」

格拉澤沙啞的聲音響遍四周，「這樣很明顯了！這群傢伙，每一個都是女巫！」

「趁現在快逃！」

我對躲在背後的米娜說，「我本來是這樣想，但現在算了。我要解決這群人，一個也不放過！」

「就算你們會異國的法術。」

卡斯帕揮舞西洋劍，發出咻咻聲，再次轉向我們，「小鬼頭竟敢瞧不起人！」

「卡斯帕！」

艾金的聲音傳來，「你懂吧？」

「請放心，我不會殺了他們。」

他一步一步逼近我們。

安莉卡踏出一步。但楊·羅倫斯搶先衝了出去。楊身材高大，不比卡斯帕遜色。

啪咻！

西洋劍和電擊棒相擊，火花四散。

「嗚！」

卡斯帕後退了，「糟糕！」

楊逼近卡斯帕，在他的胸前拉長電擊棒。卡斯帕迅速轉身。

「騙你的。」

叮的一聲，楊的電擊棒飛上天空。

然後墜落。

楊先是看著自己發麻的手，然後立刻面無表情地想徒手抓住卡斯帕。

「嗚啊！噠！」

卡斯帕斜斜地抽回握著西洋劍的手，閃過了。「好危險！這小子找死嗎？」

「住手！楊」

安莉卡說道，「不要緊！你不要魯莽行事！」

格拉澤終於下馬了，撿起掉在眼前的電擊棒。

「日本的『科學』是嗎？」

他打開開關，然後握住。啪嘰一聲四散的火花，照亮了他的臉，臉上露出猙獰的笑容。「喔，所謂先進的技術，就是難以和魔法區分的東西啊。」

「我饒不了他！」

威爾咬牙切齒地說，「那是我的台詞！」

不對，該生氣的點不是那個，而且也不是你的台詞。

「古老的邪教之神，名叫『雷霆』，據說能操控雷。比起你們，我們這群神的僕人，更適合用這個。」

格拉澤說，「卡斯帕，通通給我搶過來！」

「我來阻止他。」

安莉卡關掉螺，小聲說道，「你們其中一個趁這個時候，繞到卡斯帕的後面，不用靠近他，把維持放電的電擊棒丟過去。如果順利讓他觸電，大家就一起撲上去。」

「來吧！來吧！下一個是誰？」

卡斯帕把西洋劍揮得咻咻響，就在這時候。

「我！」

從亞孚出現的方向走出來的人，是蔻拉・巴雷。她半掩護著安莉卡站著。

「抱歉來晚了。你剛才的演講，我都聽到了。」

蔻拉用電擊棒指著格拉澤說，「我叫蔻拉・巴雷。我媽媽已經過世了，生前是海洋生物學者。巴雷是取自珍妮・巴雷（Jeanne Baret），是媽媽替我取的。」

珍妮·巴雷！我知道，我好驚訝。

「她假裝成男人，獨自一人混進了探險隊的船上。她是第一個環遊世界的女人，非常了不起。」

蔻拉一邊說，眼睛緊盯著卡斯帕，像繞圓圈一樣圍著他移動。「我得到這樣的名字，所以啊，看到你們批評女人怎樣又怎樣，我實在沒辦法坐視不管。」

可惜的是，蔻拉說出的連珠炮沒有透過螺，沒辦法讓他們理解。

不過，就算他們聽得懂，這群傢伙也完全無法明白吧？

他們兩人像蜜蜂跳舞一樣，保持著距離。在某個呼吸同步的瞬間，卡斯帕的西洋劍迅速朝蔻拉刺過去。

電擊棒撥開了劍，發出了強烈電擊，但沒有觸碰到卡斯帕的身體。蔻拉的短髮彈跳。卡斯帕大步後退，立刻又直接向前。蔻拉扭轉手臂緊追不捨，電擊棒像蛇一樣纏住了劍。火花四射！

「危險！」

卡斯帕跳開了三步左右的距離，「完全不能掉以輕心，這傢伙會劍術。」

我們只能屏住呼吸觀看。正當我們蹲下來揉搓泥土，心想至少拿土丟卡斯帕，讓他看不見的時候。

「抱歉，我不會手下留情。」

卡斯帕一口氣衝了過去，瞄準蔻拉的肩膀刺下去。

蔻拉似乎早就猜到了。下一秒，她完全脫離西洋劍的攻擊路線，幾乎跳到卡斯帕的側邊。

啪咻！

「噫！」

火花在卡斯帕的手腕上炸開。劍旋轉了一大圈，掛在麻木的手指上。接著，脖子也受到另一次攻擊。

「……」

卡斯帕連話都說不出來，就這樣跪了下去，然後倒地。

「擊劍也有類似招式，但有點不一樣。」

蔻拉把電擊棒的前端指向著格拉澤，「這是劍道的招式，叫作『小手』。是異國的招數喔，學到了吧？」

「喂！他是護衛隊隊長耶？」

「竟然被打倒了！」

村民們開始議論紛紛。

「您覺得如何？領主大人。」

該說格拉澤很厲害嗎？他毫不動搖地說：「這種事情，我們的神能夠原諒嗎？」

「無論你們怎麼袒護她。」

艾金就像作著夢似的，慢吞吞地下了馬。接著，用呆滯的眼睛環視四周。「藥師米娜想殺我，這個事實是不會變的……」

這不僅僅是對著我們，也是對村民說的宣言。

「沒救了！」

我這麼說道，他完全被操控了。

「為什麼？」

在寂靜的人群中，米娜淚流滿面。相較於被嫁禍冤罪，村民不相信她，更讓她心痛。

「這實在太奇怪了！」

有人突然放膽大喊。

「米娜做那種事，到底有什麼意義？」

「對啊！花了好幾天的時間翻山越嶺，摘取稀有的藥草。」

「藥效那麼強的藥，又磨又揉的，她的手總是傷痕累累，不是嗎？」

「那麼做都是為了我們啊！」

「沒錯！沒錯！」村民開始鼓譟，我也得意忘形地跟著大喊：「對啊！對啊！」

格拉澤大聲喝斥。

「可惡！給我安靜！我們有確鑿的證據。」

「什麼？」

我們說道。

「格拉澤神父。」

好一會兒沒現身的兩名傳教士出現了，他們拿出一個木盒子。

「那是我的藥箱！」

米娜沙啞地說道。

「這是在藥師的小屋裡找到的盒子。」

格拉澤神父先是高舉起盒子，彷彿要向周圍的人們展示，然後慢慢打開了盒蓋。

裡面裝著用油紙包起來的東西。

他鄭重其事地打開，放在手上，向我們和村民們展示。「看吧！這是劇毒，曼德拉草！」

四周再次陷入一片沉寂。

漸漸地，說話聲再次響起。鬧哄哄的。

「那是艾草吧？」有村民這麼說。

「艾草。」

「那是艾草。」

油紙上有一大堆剛摘下的、綠油油的葉子。

「這是曼德拉草！」

格拉澤神父紅著臉大叫，「這不是艾草！」

「那個是艾草啦！」

蔻拉．巴雷對著螺說，「據說對肌肉痠痛很有效。」

「為什麼會有艾草？」

芙蘿拉問道。

「我調包了。」

蔻拉．巴雷低聲說道，「我跟勝還有瑪麗莎，一起罩著毛巾躲了起來，那時候勝注意到了。」

「傳教士往米娜的小屋走去。」

勝解釋道，「我覺得很可疑，就對蔻拉說，米娜的小屋就在那條路的前面，他們一定有什麼詭計。」

「他們拖著長長的衣襬，走路慢吞吞的，我們就搶先一步先抵達。結果呢，藥箱就大剌剌地擺在小屋的桌子中央。我們就去米娜的庭院裡摘了艾草，把包在油紙的東西調包了。」

「我懂了，一開始跑去小屋的士兵，事先安排好了。」

安莉卡這麼說。

「盒子裡裝的真的是曼德拉草嗎？」

我問道。

「應該吧，長得像曬乾的植物根部。」

蔻拉拍了拍口袋，「看起來像是真的。」

「肯定是調藥師摩洛克偷偷藏起來的，他感覺鬼鬼祟祟的。」

威爾說道，「他八成早就和格拉澤串通好，計畫要陷害米娜。就這麼剛好，米娜本人就在這時候去了莊園。」

「哇啊——！」

格拉澤把艾草扔到傳教士的臉上，鬍子不停顫抖，指著我們說：「你們這群異類！上天一定會懲罰你們！你們一定會有悽慘的下場，等著後悔吧！」

嘩沙！嘩沙！嘩沙！

彷彿是那個聲音引來了某個東西，從森林深處走了過來。

那個東西是半透明的，搖搖晃晃地，一邊顫抖一邊接近我們。我甚至不確定那個到底是生物？還是早就死去的東西？總之是一個奇妙的存在。就像陽光從樹枝間灑落的晴朗日子，會出現的薄霧般朦朧，感覺連內臟都看得見。

那個東西睜大了眼睛，筆直地往僵在原地的格拉澤靠近，發出了令人全身寒毛直豎的吼叫聲！

「我——是——鬼——！」

（是日語！）

我差點昏倒。

而且，那個東西還帶著當地的口音。簡直是騙小孩子的把戲。就像會出現在老奶奶講的故事裡那種……

「咦？」

瑪麗莎沒有看我，低聲說道，「那個是流對不對？」

我沒有看瑪麗莎就點了點頭，「沒錯。」

那是「寢繭」？不對，如果是，應該會捲得更貼身。對了，就是那個。小流總是隨身帶著一堆亂七八糟的工具中的其中一項。

——塑膠垃圾袋。

沒想到，贊因村的村民們發出了慘叫聲。恢復意識的護衛隊，也嚇到雙腿癱軟。

（老套但是出乎意料地好用……）

越湊近看，會發現兩顆亮晶晶的大眼睛。這讓它看起來更可怕。

（那是小流的眼鏡！）

套了好幾層的垃圾袋上，在眼睛位置開了兩個洞，視野和空氣都從那裡流通。如此可笑的東西，卻想得如此周到，真不愧是間宮流。

「呀啊——！不要過來！」

半透明的東西逼近到格拉澤眼前，幾乎就要抱住他，他發出了驚人的慘叫。

「惡靈退散！」

他打開電擊棒的開關，忘我地敲打那個東西，「滾回森林去！」

毫髮無傷。

塑膠袋是不會導電的。

格拉澤就像相撲一樣被逼到一邊，因恐懼而尖叫。或許他誤認為對方就是自己要趕走的森林精靈吧？因為心虛，才會把一個普通塑膠袋看成可怕的敵人，根本自作自受。草地讓格拉澤腳滑，一屁股跌坐在地上；他起身回頭一看，試圖逃走，卻踩到了長長的衣襬。

「啊！」

我們大叫道。

那裡是湧泉的邊緣。

咚噗！啪嘰啪嘰！

大概是他一直開著電擊棒的開關，當他落水的瞬間，明亮的火花隨著噴起的水柱，在水面上飛舞四散。

「水是會導電的。」

芙蘿拉眼中閃爍著光芒，像是指揮家一樣，在頭頂揮舞著電擊棒，「怎麼樣？要給他最後一擊嗎？」

小流把套了好幾層的垃圾袋脫掉，像是完成一件豐功偉業似的，滿意地抹去額頭的汗水。「討厭啦！芙蘿拉妳好可怕喔！」

妳也是啊！我看著眼鏡變得白茫茫、笑得很開心的小流，已經沒有力氣反駁，癱軟地坐在地上。

「格拉澤神父！」

艾金站在湧泉邊緣呼喊道。

水面上冒出了格拉澤的臉，「哇呼！哇呼！救救我啊！」

艾金伸出手卻搆不到他，於是他開始脫掉盔甲，打算跳入水中，「來人啊！快來幫我！」

「喂！救我啊！你們、這些人，知不知道、我是、誰啊！」

溺水的格拉澤大聲尖叫，「總有一天，我會取代領主，掌控一切！」

艾金正脫去盔甲的手，突然停了下來。打算趕過去幫忙的村民，也慢慢停下了腳步。

「快救我啊！快點！不管是土地、還是任何東西、我會、給予報酬！」

然而，沒有人跳入泉水中救他。

「那傢伙，真是大嘴巴啊～～」

沃爾夫．赫定看著這一幕，慢條斯理地說道，「他陷入恐慌了。如果他學過著衣游泳，那就沒事了。」

好不容易，兩名傳教士終於將格拉澤拉了起來。

有人推開站在遠處觀看的村民衝了過來，是之前消失的胡戈。

「前任領主大人馬上就要到了！」

兩匹馬從森林入口沿著通往湧泉的道路奔來。前任領主，也就是艾金的父親，同行的還有約翰．索德。村民們開始吵吵嚷嚷，紛紛讓路。

「父親。」

艾金俯視著全身溼透的格拉澤，茫然地問道，「你們怎麼會來這裡？」

前任領主留著長長的白鬍鬚，斗篷隨風飄揚，停下了馬匹。

他長得跟艾金很像，但他的臉就像是用木雕重現了兒子圓潤的面容，感覺相當嚴厲。

「各位，驚動大家了。」

前任領主在馬背上俯視著村民們，「回家吧，兒子。」

「可是！」

艾金就像是已經搞不清楚發生了什麼事，搖搖頭後說道，「父親，真正的神在天上啊！」

「嗯。」

「森林、大地，以及人們，都應該由我們來治理。作為神的代理人，我們必須讓祂的光芒遍及此地，不讓女巫和妖魔鬼怪肆虐。」

艾金似乎在說服著自己。

「這就是神的旨意。」

筋疲力盡躺著的格拉澤，從溼漉漉的鬍子之間，喃喃自語說道。

「神已經夠多了。」

前任領主雖然年邁，卻用清晰無比的聲音說道，「這片森林、河川、還有大地，我們尊敬並深愛著。兒子啊，你也知道這裡有多美麗吧？」

「那是邪教啊！」

傳教士拍打著格拉澤的背，他一邊吐水，一邊堅定地反駁。

「格拉澤神父，如果你把那些稱為邪教，那麼，那些邪教也是你所說的、創造一切的神所賜予我們的東西。」

前任領主靜靜地說道。

「我都聽說了，格拉澤神父。」

約翰．索德騎在馬上說道，「你的教會在各處的領地，與許多國王和領主都有聯繫，拓展你們的勢力。沒錯吧？胡戈。」

「是的。」

胡戈單膝跪地回答。為什麼要問胡戈？我這麼想，約翰接下來說的話，讓我全身顫抖。

「胡戈是間諜。他假扮成傭兵，搜集其他國家的情報。國王和領主們，日復一日地統治領地、組織同盟、爭奪利益。但是，尚未形成一股明顯的勢力。」

我們也被胡戈騙了，約翰也是，自稱是護衛隊副隊長，實際上是聽從前任領主的命令行動，而不是艾金。

「格拉澤啊。」

約翰繼續說，「你們已經影響了某些國家的政治局勢。」

「但是，現在還來得及。」

前任領主笑道，「我們已經發現到這一點，和國王及領主們聯手了。」

前任領主的聲音就像老爺爺，非常嘶啞，不像格拉澤那樣嘹亮有氣魄。但是，就像泉水滲透進岩石一樣，我可以感受到，在場人們的情緒已經悄悄轉變了。

「聯手……」

艾金喃喃說道，「可是，」

「你們只是在做無謂的抵抗。」

格拉澤被兩位傳教士扶著，發出低吼聲站了起來，「神的榮耀，誰也無法阻擋。」

「或許是吧。」

前任領主呵呵呵地笑著，看著艾金，「兒子啊，你可以信仰任何神祇。神或許能讓世界變得更幸福。但是啊，能夠讓這些領民幸福的人，不是神，而是領主啊！」

「啊！」我仔細看著他的臉，驚訝地叫了出來。他就是那個在庭院裡，悠閒修剪著野薔薇的老爺爺。

「呃——不好意思，百忙之中打斷各位。」

我舉起螺，讓在場的同伴也能聽得見，「我們該回去了！」

大家一同看了手腕。

「快走吧！」

「動作要快！」

安莉卡和蔻拉．巴雷同時說道。

15

我們慌忙地向米娜和阿爾道別，離開了森林，朝著海岸前進。

「這裡有捷徑，我來帶路。」

約翰．索德慢慢駕著馬匹說道。

我們與蔻拉一行人一起穿過梣樹的森林小徑，然後分成兩路。第三小隊的「威化餅」在穿過盧沃市街的另一頭。

我們沒有走來這裡時的那條沿著河邊的路，而是走通往海邊的下坡草原。

「可倫，雖然我也記得不是很清楚。」

在路上，安莉卡好像發現到了，「或許，那個人就是懸崖上的……」

「沒錯，就是約翰．索德。」

我這麼說，「我本來想說，可是找不到適合的時機。當時他穿著破爛的衣服，而且沒刮鬍子，所以一開始我也沒有發現。」

是說，不只是剛才，小流不但騎在約翰的馬上，在莊園的庭院也看過他，竟然完全沒發現到就離開了。畢竟上次沒有看清楚他的臉，也不能怪她。

「咦！」

瑪麗莎驚呼道，「難道說，他一直在默默守護著我們？」

「什麼？」

威爾也瞪大了眼睛，「這裡離那座小島很近嗎？」

「嗯。」

約翰·索德看到我們用興奮的眼神仰頭看他，便從馬背上回答。而且是用日語說的。

「我也對可倫說過，但其實我自己也不太明白。」

在那以後，我們問了約翰一連串的問題，最後他下了馬，和我們一起步行，但除了他告訴我的話之外，沒有問出更多的答案。

約翰既能說日語又能說英語，也記得許多發生過的事件和知識。但是，關於自己的事，以及為什麼會來到這裡，關鍵的記憶卻不見了。

「不過，你記得ＰＥＳ的事情對吧？」

我問道。

「我知道。但只是知道，完全想不起來我在那裡做過什麼。」

「那你來到這裡之後的事情呢？比方說半年前的事？」

威爾仔細地問。

「我記得。」

「那，龍島的事情呢？」

瑪麗莎問道。

「我剛才也說過了。」

約翰．索德搖了搖頭，「我不知道你們在說什麼。」

「大概在半年前，約翰跟我們在龍島上見過面。」

我說道。不僅是見面，他還是救命恩人。

「嗯——這一年來，我都沒有離開盧沃。」

他非常痛苦地說道。或許不該再問下去，但是。

「我想，約翰應該是來自跟我們相同的世界。」

最後，我還是問了我想問的事情，「要不要跟我們一起回去？」

約翰皺起眉頭，看著握住韁繩的手。接著，終於開口說話了：「我不知道。但是，不知道為什麼，我似乎沒有想回去的感覺。」

神創造了這個世界上的許多事物，其中最偉大的，應該就是下坡路吧？雖然已經不想再去思考神的事，卻不由得感謝了祂。我們只花了去程的一半時間，很快就看到大海了。

我率先衝下海岸，四處徘徊、摸索著。「奇怪？」

回頭一看，大家也都下來了，所有人都目瞪口呆。

我們看不見光學迷彩。
不過，由於沙子會被重量往下壓，仔細觀察可以看到「威化餅」的所在位置，空間稍微有點扭曲。至少我們剛抵達時是這樣。
「好像沒有？」
瑪麗莎小聲說。
「別擔心，我可以鎖定位置。抵達時，我把它登錄在指南針上了。」
威爾看著腕針。他真是細心！
他確認了一會兒，四處觀察，然後指著斜前方的遠方海面。「呃——被沖走了。」
「什麼？」
我說道。
「不會吧？」
瑪麗莎說道，蹲了下來，「糟糕了！」
「對不起。」

勝這麼說，「我就知道會這樣。那時候，我應該更堅定地說出來才對。因為大家老是說我擔心過度。」

「不，就算真是如此，我們也無能為力。」

安莉卡說道，「畢竟我們沒辦法用繩子把它綁起來。」

「為什麼會在這種地方降落啊！PES大笨蛋！」

就在我朝著海浪大聲喊叫時。

「比如說，組一個木筏。」

安莉卡開始思考，「附近好像有漁村，或許可以借到小船？」

「你們怎麼了？」

海岸上方傳來了約翰的聲音。他把馬繫在樹上，走了下來。

「還剩四十分鐘。如果馬上就能借到，應該來得及。不對，去漁村要花多少時間？」

威爾在沙灘上走來走去。

「唔嗯。」

聽完目前的情況後，約翰說道，「應該還有其他的『威化餅』吧？像蔻拉他們搭的，如果能一起搭乘……」

「啊，確實如此！」

勝說道，「可是，不知道他們在哪裡……」

「應該可以聯絡到他們吧？」

約翰．索德這麼說，捲起了袖子，「就用這個。」

我們說不出話來。不對，如果這與ＰＥＳ有關，也沒什麼好訝異的。約翰手腕上的東西，形狀雖然和我們的稍有不同，但是錯不了──那是腕針。

「差點忘了！」

威爾重新打起精神，匆忙地進行操作，「我聯絡看看！」

他讓螺連線，並且可以像對講機一樣進行通話。我們成功地和蔻拉小隊聯繫上，知道了他們的大概位置，然後就是能否趕得上了。剩下三十五分鐘。

「非常勉強。」

約翰咬著嘴唇，「只能先去再說，我可以用馬載一個人。」

「勝？」

威爾說道。

「如果走到一半累了，再麻煩你了。」

勝露出了微笑。

正當我們決定好，準備開始爬上海岸時。

「喂——」

有人在上方的道路呼喚我們。

「胡戈！」

我們不由得大叫。胡戈騎著馬，還有篷車！「路茲先生！還有奧莉薇亞小姐！」

「嗚哇——胡戈——！」

我大喊，「你太棒了！我不該罵你笨蛋，對不起！」

「街上吵吵鬧鬧的，我就擔心起你們。我去了贊因村，結果遇到了胡戈。他告訴我，你們已經出發到海邊了。」
路茲說道，「我想順便來送送你們，猜到你們應該會在我們相遇的海岸。」

「這麼一來，應該能勉強趕上。」
約翰這麼說，我們發出了歡呼。
「太好了！」
安莉卡說道，「你們快去，我在這裡跟你們分開。」
「什麼？」
我們爬坡爬到一半時，停下腳步回頭，「在這裡分開？」
「我要留下來戰鬥。」
沒有聽錯，安莉卡是這麼說的。
「妳在胡說什麼？」
瑪麗莎的聲音聽起來像是在抽搐。

「接下來，這個世界會發生多麼殘忍的事，現在我知道了，不能視而不見。」

安莉卡這麼說，「我要留在這裡，不會讓獵巫那麼可惡的事情發生。」

這個世界或許不是我們認識的歐洲。但是，發生同樣慘事的可能性非常大。好幾萬名無辜的女性，會痛苦地死去。

原來她一直在想這件事。

我覺得指尖好像麻痺了，一句話都說不出來，只是呆站著。

我覺得，如果安莉卡的堅強可以稱作是美麗，那我現在才第一次明白，所謂的美麗是來自哪裡。

然而。

「不可以！」

瑪麗莎像小孩子般哭了起來，「我不要這樣！」

小孩子？

沒錯。我們都是小孩子，什麼都做不了。現在的我們無能為力。但是，總有一天，我們一定可以改變。

「安莉卡！我們去過很多地方，從今以後，也會看到許多痛苦的人。可是，我們沒辦法拯救所有的人啊！」

威爾大叫道。

「威爾！」

安莉卡也叫回去，「當然沒辦法拯救所有人。可是，這個理由會讓你不救眼前的人嗎？」

或許是因為她身上流著李文斯頓的血？又或者是身為女性的驕傲？

「我不認為女人就無能為力。可是，我已經不想計較了。我不能拋下米娜不管。」

我已經搞不清楚了，是怎樣都無所謂。安莉卡就是安莉卡，即使如此。

「妳一個人辦不到啦！」

我快要哭出來了，「就算是安莉卡還是不可能！」

「至少還有另一個幫手，約翰。」

安莉卡說道，「你願意挺身而戰吧？」

「這個嘛，是沒錯。」

約翰．索德這麼說，「我一個人沒問題的。」

「怎麼說？」

「我不會說妳是累贅。」

約翰靜靜地說，「不過，這是大人的工作。」

「約翰。」

安莉卡說道，「你知道獵巫對吧？你還記得吧？也知道接下來會發生多麼悲慘的事情吧？」

「妳要相信大人。」

約翰露出苦笑，臉上滿是皺紋，「這種話我說不出口，但是，現在先交給我們，將來有一天，再回到這裡吧！到時候，我會讓你們說出『幸好當時有相信你』這句話。」

「我稍後再追過去。」

為了減輕負擔，路茲這麼說。我坐上約翰的馬，瑪麗莎則是坐胡戈的馬。安莉卡、威爾和勝，三個人搭乘奧莉薇亞的篷車。

不需要回到盧沃的市區，就有一座能跨越到河川對岸的木橋，看來這是前往第三小隊的「威化餅」的最短距離。兩人共騎一匹馬其實很困難，不能奔跑。

當我們在沒有田地、荒蕪的平地前方，看到蔻拉一行人對我們揮手時，時間只剩下十分鐘。

16

「去程是五個人，回程是十個人啊～」

沃爾夫・赫定喜孜孜地說，「我喜歡這樣。」

「請進、請進，不要客氣。」

小流開心地壓住門，「不要客氣，請進。」

「這裡又不是妳家。」

蔻拉・巴雷笑道。

「你們救了我們。」

安莉卡這麼說，「謝謝你們。」

我們向目瞪口呆的胡戈、奧莉薇亞、還有約翰道別，搭乘上透明的「威化餅」時，

只剩下兩分鐘了。

我們坐在長椅上，各自繫好安全帶時，出發的蜂鳴器響個不停。

「結果好就代表一切！」

我對眼睛還很紅、抽抽噎噎的瑪麗莎這麼說，「我外公常常這麼說。」

「嗯？」

「不是常說的那種很隨便的意思。我外公的意思是說，發生不好的事情時，雖然沒辦法改變事實，但可以讓結果不要那麼悲慘。只要不放棄，就能改變世界，讓大家在事後說出『以結果來看，那件事還算不錯』這種話。」

連我自己也搞不清楚我到底在說什麼。不只是瑪麗莎，安莉卡、小流、威爾、勝、沃爾夫、芙蘿拉、楊、還有蔻拉，大家都看著我。我繼續往下說。

「雖然的確有機會阻止還沒有發生的悲慘事件。可是，一旦發生了，即使無法挽救，再怎麼努力都無濟於事，那麼我們還是能夠讓這件事代表的意義，變得稍微好一點。」

「妳說得對。只要不放棄，就不知道結果會如何。因為時間會持續下去。」

安莉卡這麼說。

「回去之後，我會跟泰瑞爾說說看。二年級現在應該也在『實習』吧？我會跟他對答案。」

最後的蜂鳴器響起時，威爾這麼說。

「對答案？」

在意識又要開始模糊的預感中，我反問道。

「我說不定知道了。」

當威爾這麼說的時候，「威化餅」動了起來。「就是ＰＥＳ的祕密啊！」

作者簡介

齊藤倫

詩人。著作《どろぼうのどろぼん》獲得第48回日本兒童文學者協會新人獎、第64回小學館兒童出版文化獎。主要作品有《せなか町から、ずっと》、《クリスマスがちかづくと》、《ぼくがゆびをぱちんとならして、きみがおとなになるまえの詩集》、《さいごのゆうれい》（以上為福音館書店）、《あしたもオカピ》（偕成社）、《新月の子どもたち》（Bronze新社），繪本有《とうだい》（圖：小池アミイゴ／福音館書店）、與うきまる的共同著作《はるとあき》（圖：吉田尚令／小學館）、《のせのせ　せーの！》（圖：くのまり／Bronze新社）等等。

插畫簡介

桑原太矩

1985年出生。漫畫家，出身於北海道札幌市。武藏野美術大學造型學部視覺傳達設計學科畢業。2010年《鷹の台フリークス》獲得Afternoon四季賞佳作，2011年以《ミミクリ》獲得同獎項入選。主要作品有《特課部》（とっかぶ，講談社／全4集）。目前在《good！ Afternoon》（good！アフタヌーン）連載《空挺Dragons》（空挺ドラゴンズ）。

ISBN　978-626-396-862-2（平裝）

Printed in Taiwan.

私立探險家學園 2，在成為女巫之前／齊藤倫著；游若琪譯. -- 初版. -- 臺北市：時報文化出版企業股份有限公司, 2024.11

312面；14.8×21公分

ISBN　978-626-396-862-2（平裝）

861.59　　113014707

私立探險家學園 2　在成為女巫之前

作者　齊藤倫 ｜ 插畫　桑原太矩 ｜ 譯者　游若琪 ｜ 主編　王衣卉 ｜ 行銷主任　王綾翊 ｜ 校對　陳怡璇 ｜ 裝幀設計　倪旻鋒 ｜ 排版　唯翔工作室 ｜ 總編輯　梁芳春 ｜ 董事長　趙政岷 ｜ 出版者　時報文化出版企業股份有限公司　108019 台北市和平西路三段 240 號　發行專線—(02)2306-6842　讀者服務專線—0800-231-705・(02)2304-7103　讀者服務傳真—(02)2304-6858　郵撥—19344724 時報文化出版公司　信箱—10899 台北華江郵局第 99 信箱　時報悅讀網—http://www.readingtimes.com.tw ｜ 電子郵件信箱—yoho@readingtimes.com.tw ｜ 法律顧問　理律法律事務所　陳長文律師、李念祖律師 ｜ 印刷 家佑印刷有限公司 ｜ 2024年 12 月 6 日 ｜ 定價 新台幣三五〇元 ｜ 版權所有　翻印必究（缺頁或破損的書，請寄回更換）

時報文化出版公司成立於一九七五年，並於一九九九年股票上櫃公開發行。
於二〇〇八年脫離中時集團非屬旺中，以「尊重智慧與創意的文化事業」為信念。